CLÁSICOS JUVENILES

Bodas de sangre

Federico García Lorca

SELECTOR
ACTUALIDAD EDITORIAL

SELECTOR®

SELECTOR®

Doctor Erazo 120, Col. Doctores, C.P. 06720, México, D.F.
Tel. (01 55) 51 34 05 70 • Fax (01 55) 51 34 05 91
Lada sin costo: 01 800 821 72 80

Título: BODAS DE SANGRE
Autor: Federico García Lorca
Adaptadora: Alicia Alarcón Armendáriz
Colección: Clásicos juveniles

Diseño de portada e ilustraciones: Alma Julieta Núñez Cruz

D.R. © Selector, S.A. de C.V., 2014
    Doctor Erazo 120, Col. Doctores,
    Del. Cuauhtémoc,
    C.P. 06720, México, D.F.

ISBN: 978-607-453-230-2

Primera edición: noviembre 2014

Sistema de clasificación Melvil Dewey

868
G19
2014   García Lorca, Federico.
        Bodas de sangre / Federico García Lorca. Adaptación: Alicia
        Alarcón Armendáriz; Ciudad de México, México: Selector, 2014

        96 pp.

        ISBN: 978-607-453-230-2

        1. Literatura universal. 2. Novela. 3. Literatura infantil y juvenil

---

Consulta nuestro aviso de privacidad en www.selector.com.mx

Características tipográficas aseguradas conforme a la ley.
Prohibida la reproducción parcial o total de la obra
sin autorización de los editores.
Impreso y encuadernado en México.
Printed and bound in Mexico.

Índice

Personajes 9
Cronología 11
Introducción 13
Acto primero 15
    Cuadro primero 15
    Cuadro segundo 21
    Cuadro tercero 28
Acto segundo 37
    Cuadro primero 37
    Cuadro segundo 51
Acto tercero 67
    Cuadro primero 67
    Cuadro último 82
Glosario 95

A Francisco Muñoz Herrera,
por su excelente texto
sobre el amor de García Lorca,
y a Diana Coronado Peña, por su novela
sobre los conventos poblanos

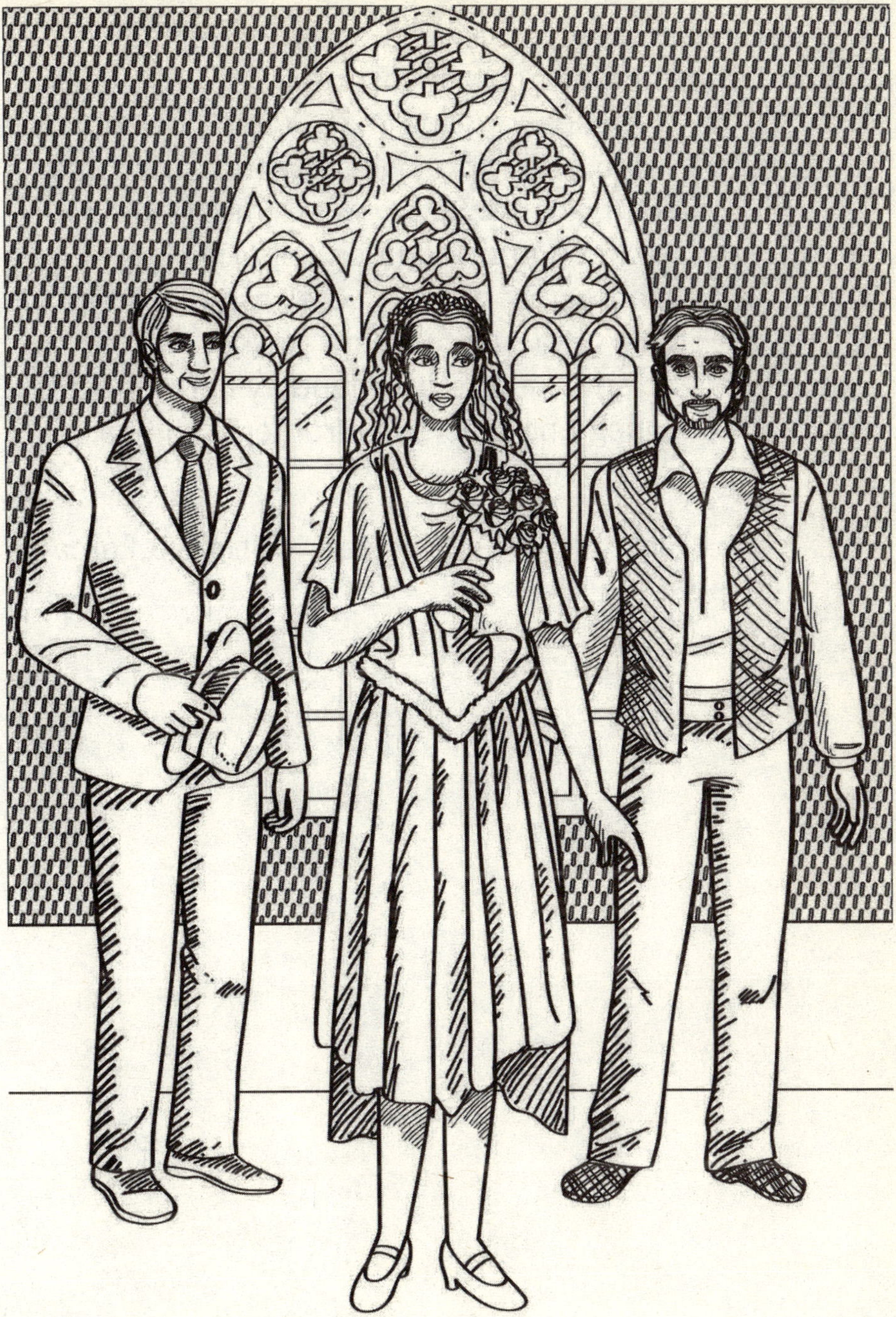

¡Yo soy español integral y me sería imposible vivir fuera de mis límites geográficos; pero odio al que es español por ser español nada más. Yo soy hermano de todos y execro al hombre que se sacrifica por una idea nacionalista, abstracta, por el solo hecho de que ama a su patria con una venda en los ojos. El chino bueno está más cerca de mí que el español malo. Canto a España y la siento hasta la médula, pero antes que esto soy hombre del mundo y hermano de todos. Desde luego no creo en la frontera política.

Federico García Lorca

Personajes

(Por orden de aparición)

Novio: Joven trabajador y entusiasta. Enamorado de la Novia. Comprensivo con la Madre.

Madre: Mujer de edad. Sufrió las muertes de su marido y su hijo mayor a manos de los Félix. Teme que el menor también sea asesinado.

Suegra: Habla de lo que ocurre mediante canciones.

Mujer: Ama a su marido; él no la quiere.

Leonardo: Apasionado. Loco por la Novia. Es de los Félix.

Criada: Voz de la conciencia.

Padre: Hombre trabajador. Desea dinero y tierras.

Novia: Sufre a la vez la fuerza de su pasión y el acatar de la tradición.

Luna: Simboliza fecundidad, erotismo y muerte.

Muerte: Anhela más cuerpos junto a ella.

Cronología

1898: El 5 de junio nace García Lorca / Cuba se emancipa

1914: Federico ingresa a la Universidad / Inicia la Primera Guerra Mundial

1918: García Lorca publica *Impresiones y paisajes.* / Epidemia gripal mundial provoca unos 50 millones de muertos

1922: Federico escribe *Los títeres de cachiporra.* / En México se crea la Cámara de Diputados

1923: Golpe de Estado en España; se instaura la dictadura

1926: Asciende a general el joven coronel Francisco Franco

1927: Federico estrena *Mariana Pineda* / Muere la emperatriz Carlota, en Bélgica

1928: Lorca publica el *Romancero gitano* / Amelia Earhart sobrevuela el Atlántico

1929: Federico es becario en Estados Unidos / En México se funda el Partido Nacional Revolucionario (PNR), antecesor del Partido Revolucionario Institucional (PRI).

1932: García Lorca dirige *La Barraca*, que lleva el teatro a toda España.

1933: Federico triunfa con *Bodas de sangre* en España y Argentina.

1934: Violencia e intolerancia en España. / En México se inaugura el Palacio de Bellas Artes.

1935: García Lorca publica *Sonetos del amor oscuro*. / Francisco Franco es nombrado jefe del Estado Mayor Central.

1936: Colombia y México le ofrecen exiliarlo; Lorca no acepta. El 18 de agosto es fusilado. Sus restos quedan en la fosa común.

Introducción

"Amo a la tierra. Me siento ligado a ella en todas mis emociones. Mis más lejanos recuerdos de niño tienen sabor de tierra. Los bichos de la tierra, los animales, las gentes campesinas, tienen sugestiones que llegan a muy pocos. Yo las capto ahora con el mismo espíritu de mis años infantiles. De lo contrario, no hubiera podido escribir *Bodas de sangre*": eso dijo de esta obra Federico García Lorca, el poeta granadino.

En *Bodas de sangre*, Lorca emplea la prosa y el verso; éste último para vaticinar aquello que como lectores y espectadores no quisiéramos que ocurriera: ni la pasión en que son arrastrados Leonardo y la Novia; ni la muerte del Novio, un buen hombre, trabajador y enamorado; y menos aún la soledad perenne de la Madre. Las palabras, en *Bodas de sangre*, están empleadas con gran maestría. El autor combina la prosa y el verso libre con los versos de arte mayor para darle el sentimiento y el motor que la acción requiere en cada momento. Para lograr que lleguen a término las señales premonitorias, Federico nos hace partícipes de una serie de símbolos —que también emplea en otros libros y en su poesía en general—: la muerte, la luna, la sangre, la tierra, el caballo, la fecundidad, y el deseo, no siempre satisfecho.

La luna encarnará tanto a la muerte y a la esterilidad, como a la vida, el erotismo y la fecundidad; el agua también representará la vida y la muerte, según corra o se estanque. Otras imágenes recurrentes en *Bodas de sangre* son puñales y navajas, armas que, como la Madre dice, aunque sean pequeñas causan muerte, soledad y desesperación.

La Mujer y la Suegra, movidas por diferentes sentimientos —la primera por el amor y la resignación, y la segunda por la rabia, debido a la infidelidad y el abandono—, describen el carácter de Leonardo: un hombre dominado por su pasión. La Novia, por su parte, es una víctima de su enamoramiento por Leonardo, a pesar de que quiere obligarse a querer al Novio. Su destino está marcado por su misma madre, que no amó al Padre y tampoco a la tierra en donde vivió. Al final, sin embargo, ella no sólo no se entrega al amante, sino que regresa junto a la Madre a cumplir el castigo por transgredir las normas.

Federico se siente atraído y practica diversas disciplinas como música, dibujo, ensayo, periodismo y, por supuesto, poesía y narrativa. Su avidez por el saber lo hace convertirse en discípulo de grandes artistas como Góngora o Lope de Vega —fallecidos siglos atrás— o sus contemporáneos Manuel de Falla o Juan Ramón Jiménez; así como Dalí, Alberti y Buñuel, por ejemplo.

Ofrezcamos un homenaje a este artista leyendo no sólo *Bodas de sangre*, sino toda su obra.

Alicia Alarcón Armendáriz

ACTO PRIMERO

CUADRO PRIMERO

Habitación pintada de amarillo.

Novio: *(Entrando.)* Madre, me voy a la viña.

Madre: Hijo, espera. El almuerzo.

Novio: Déjelo. Comeré uvas. Deme la navaja.

Madre: ¿Para qué?

Novio: *(Riendo.)* Para cortarlas.

Madre: *(Entre dientes y buscándola.)* La navaja... Malditas sean todas las navajas y el bribón que las inventó. Y las escopetas y las pistolas y el cuchillo más pequeño, y hasta las azadas y los bieldos de la era. Y todo lo que puede cortar el cuerpo de un hombre. Un hombre hermoso. No sé cómo te atreves a llevar una navaja en tu cuerpo, ni cómo yo dejo a la serpiente dentro del arcón.

Novio: Ya está bueno. Vamos a otro asunto.

Madre: Cien años que yo viviera, no hablaría de otra cosa. Primero tu padre; que me olía a clavel y lo disfruté tres años escasos. Luego tu hermano. No callaré nunca. Pasan los meses y la desesperación me pica en los ojos y hasta en las puntas del pelo.

Novio: *(Fuerte.)* ¿Vamos a acabar?

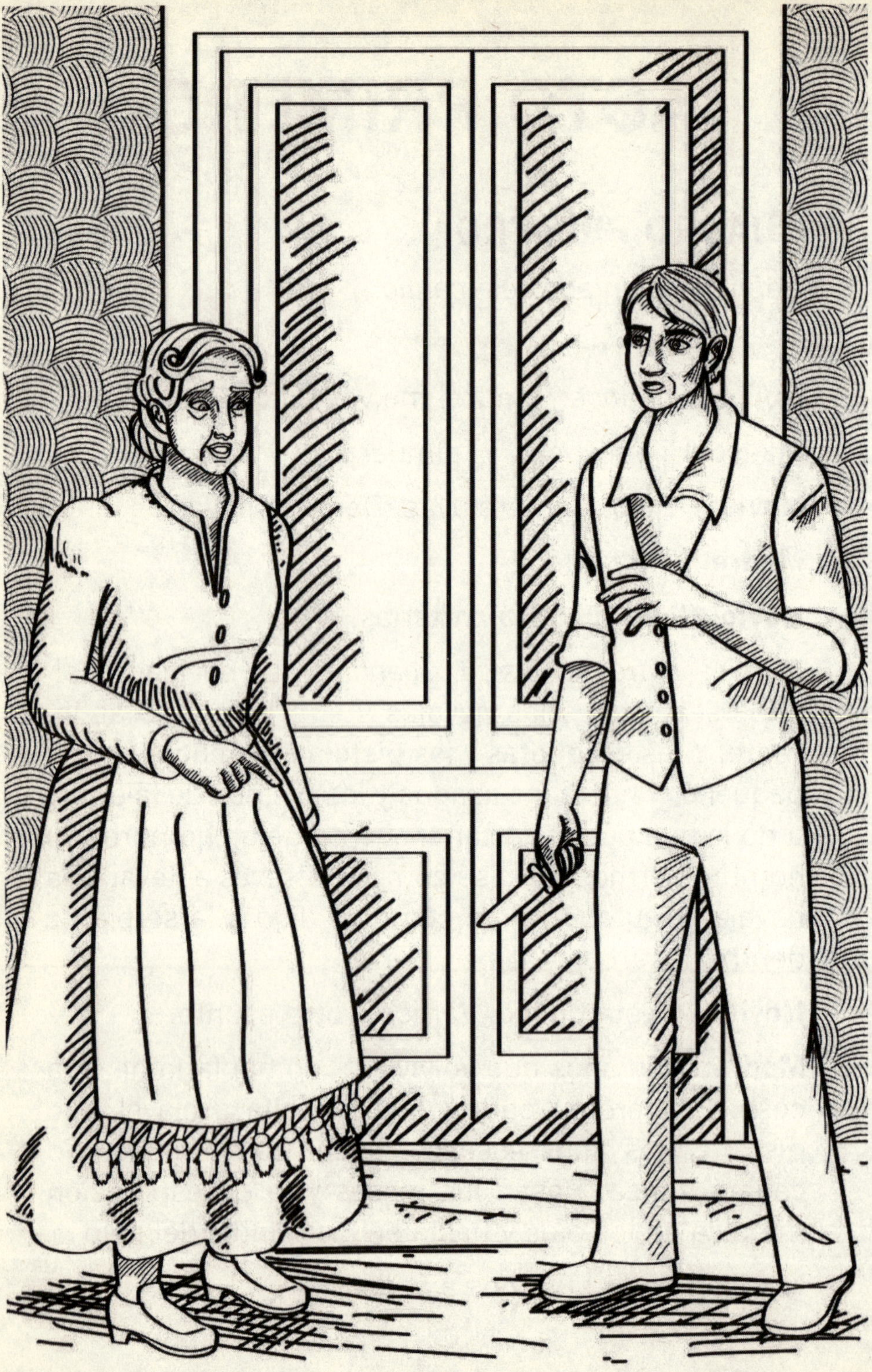

Madre: No. No vamos a acabar. ¿Alguien me puede traer a tu padre? ¿A tu hermano? Mis muertos, dos hombres fuertes y trabajadores, están cubiertos ahora de hierba, mientras los asesinos, en el presidio comen, fuman y tocan música.

Novio: ¿Es que quiere usted que los mate?

Madre: No. Pero, ¿cómo no voy a hablar viéndote salir con esa navaja? No quisiera que salieras al campo. Me gustaría que fueras una mujer. No irías al arroyo ahora y las dos bordaríamos cenefas y perritos de lana.

Novio: *(Riendo.)* ¡Vamos! *(Abraza a la* Madre.*)* ¿Y si la llevo a las viñas?

Madre: ¿Qué hace en las viñas una vieja? ¿Me meterás bajo los *pámpanos*?

Novio: *(Levantándola en sus brazos.)* Vieja, revieja, requetevieja.

Madre: Tu padre sí me llevaba. Eso es buena casta; buena sangre. Tu abuelo dejó un hijo en cada esquina. Eso me gusta. Los hombres, hombres; el trigo, trigo.

Novio: ¿Y yo, madre? ¿Debo decírselo otra vez? ¿Es que no le gusta?

Madre: *(Seria.)* ¡Ah! No lo sé yo misma. Así, de pronto, siempre me sorprende. Yo sé que la muchacha es buena, modosa, trabajadora; amasa su pan y cose sus faldas, pero siento, cuando la nombro, como si me dieran una pedrada en la frente.

Novio: Tonterías.

Madre: Es que me quedaré sola. Ya no me quedas más que tú y lamento que te vayas.

Novio: Pero usted vendrá con nosotros.

Madre: No. Yo no puedo dejar solos a tu padre y a tu hermano. Si muere uno de los Félix, uno de esa familia de asesinos, es fácil que lo entierren al lado. ¡Y no! Con las uñas lo desentierro y yo sola machaco sus huesos contra la tapia.

Novio: *(Fuerte.)* Vuelta otra vez.

Madre: Perdóname. *(Pausa.)* ¿Cuánto tiempo llevas en relaciones?

Novio: Tres años. Ya pude comprar la viña.

Madre: Tres años. ¿Ella tuvo un novio, no?

Novio: No sé. Creo que no. Las muchachas deben mirar con quién se casan.

Madre: Yo no miré a nadie. Miré a tu padre, y cuando lo mataron miré a la pared de enfrente. Una mujer con un hombre, y ya está.

Novio: Usted sabe que mi novia es buena.

Madre: No lo dudo; pero lamento no saber cómo fue su madre. Pero no importa. ¿Cuándo quieres que la pida?

Novio: *(Alegre.)* ¿Le parece bien el domingo?

Madre: *(Seria.)* Le llevaré los pendientes de azófar, que son antiguos, y tú le compras unas medias caladas, y para ti dos trajes. ¡Tres! ¡No te tengo más que a ti! A ver si me alegras con seis nietos, o los que te dé la gana, ya que tu padre no tuvo tiempo de hacérmelos a mí.

Novio: El primero es para usted.

Madre: Sí, pero que haya niñas. Quiero bordar y estar tranquila.

Novio: Le aseguro que usted querrá a mi novia.

Madre: La querré. *(Se dirige a besarlo.)* Anda, ya estás muy grande para besos. Se los das a tu mujer. *(Pausa. Aparte.)* Cuando lo sea.

Novio: Me voy.

Madre: Ve con Dios. *(Sale el* Novio. *Llega una* Vecina.*)*

Vecina: Bajé a la tienda y vine a verte.

Madre: Hace 20 años que no he subido a lo alto de la calle. ¿Lo crees?

Vecina: Las cosas pasan. Hace dos días trajeron a Rafael, el hijo de mi vecina, con los dos brazos cortados por la máquina. *(Se sienta.)* Muchas veces pienso que tu hijo y el mío están mejor donde están, dormidos, descansando, y no expuestos a quedarse inútiles.

Madre: Calla. Todo eso son invenciones, pero no consuelo. Oye, ¿conoces a la novia de mi hijo? Él dice que pronto se casará.

Vecina: ¡Es una buena muchacha! Pero quien la conozca a fondo no hay nadie. Vive sola con su padre allí, tan lejos, a 10 leguas de la casa más cercana. Pero es buena. Acostumbrada a la soledad. Su madre era hermosa. Le relucía la cara como a un santo; pero a mí no me gustó nunca. No quería a su marido.

Madre: *(Fuerte.)* ¡Cuántas cosas sabes de la gente!

Vecina: Perdona. No quise ofender. Es verdad. Si fue decente o no, no sé.

Madre: Quisiera que ni a la viva ni a la muerta las conociera nadie. Que fueran como dos cardos, que nadie los nombra, pero pinchan si se requiere.

Vecina: Tienes razón. Tu hijo vale mucho.

Madre: Vale. Por eso lo cuido. Me dijeron que ella tuvo novio hace tiempo.

Vecina: Tendría ella 15 años. Él se casó ya hace dos años, con una prima de ella. Nadie se acuerda del noviazgo.

Madre: A cada uno le gusta enterarse de lo que le duele. ¿Quién fue el novio?

Vecina: Leonardo, el de los Félix.

Madre: *(Levantándose.)* ¡De los Félix!

Vecina: Mujer, ¿qué culpa tiene él? Tenía ocho años cuando sucedió todo.

Madre: Es verdad... Pero oigo eso de Félix y se me llena de cieno la boca *(Escupe)* y tengo que escupir, tengo que escupir para no matar.

Vecina: Cálmate; ¿qué sacas con eso? No te opongas a la felicidad de tu hijo. No le digas nada. Tú estás vieja. Yo, también. A ti y a mí nos toca callar. Adiós.

Madre: Adiós *(La* Madre *se dirige a la puerta de la izquierda. En medio del camino se detiene y lentamente se santigua.)*

Telón

CUADRO SEGUNDO

Habitación pintada de rosa con cobres y ramas de flores populares. En el centro hay una mesa con mantel. Es la mañana. (La Suegra *de Leonardo mece a un niño en brazos. La* Mujer, *en la otra esquina, teje.)*

Suegra: **Nana**, niño, nana
del caballo grande
que no quiso el agua.
El agua era negra
dentro de las ramas.
Cuando llega al puente
se detiene y canta.
¿Quién dirá, mi niño,
lo que tiene el agua,
con su larga cola?

Mujer: *(Bajo.)* Duérmete clavel,
que el caballo
no quiere beber.

Suegra: Duérmete, rosal
que el caballo
se pone a llorar.
Las patas heridas,
las crines heladas,
dentro de los ojos
un puñal de plata.
La sangre corría
más fuerte que el agua.

Mujer: No quiso tocar
la orilla mojada
su belfo caliente
con moscas de plata.
A los montes duros
sólo relinchaba
con el río muerto
sobre la garganta.

Suegra: ¡No vengas! Detente,
cierra la ventana
con ramas de sueños
y sueños de ramas.

Mujer: Mi niño se duerme.
Tiene una almohada.
Su cuna de acero.
Su colcha de **holanda**.

Suegra: ¡No vengas, no entres!
Vete a la montaña,
por los valles grises
donde está la **jaca**.
(Meten al niño. Entra Leonardo.*)*

Leonardo: ¿Y el niño? Ayer no estuvo bien. Lloró por la noche.

Mujer: Se durmió. *(Alegre.)* Hoy está como dalia. ¿Fuiste con el herrero?

Leonardo: Sí. Llevo dos meses poniéndole herraduras nuevas al caballo y se le caen. Creo que se las arranca con las piedras.

Mujer: ¿Lo usas mucho? Ayer dijeron las vecinas que te vieron por los llanos.

Leonardo: No. ¿Qué haría yo en aquel **secano**?

Mujer: Eso les dije. Sin embargo, el caballo estaba reventando de sudar. ¿Por qué no llegaste a comer?

Leonardo: Estuve con los medidores del trigo. Siempre entretienen.

Mujer: *(Con ternura.)* ¿Lo pagan a buen precio?

Leonardo: El precio justo. *(Levantándose.)* Voy a ver al niño.

Mujer: Ten cuidado, está dormido.

Suegra: *(Saliendo.)* ¿Quién da esas carreras al caballo? Está allí, tendido, con los ojos desorbitados como si llegara del fin del mundo.

Leonardo: *(Agrio.)* Yo.

Suegra: Perdona; tuyo es. Por mí, que reviente. *(Se sienta. Pausa.)*

Mujer: *(Tímida.)* Fue con los del trigo. *(A Leonardo.)* ¿Sabes que mañana piden a mi prima? La boda será dentro de un mes. Espero que nos inviten.

Suegra: Creo que la madre de él no está satisfecha con el casamiento.

Leonardo: *(Serio.)* Y quizá tenga razón. Ella es de cuidado.

Mujer: No me gusta que piensen mal de una buena chica.

Suegra: Si él dice eso, es porque la conoce. *(Con intención.)* Recuerda que fue tres años novia suya.

Leonardo: Pero la dejé. *(A su* Mujer.*)* ¿Vas a llorar ahora?

Mujer: ¡Quita! *(Le aparta bruscamente las manos de la cara.)* Vamos a ver al niño. *(Entran abrazados. Llega corriendo la* Muchacha, *muy alegre.)*

Muchacha: Llegó el novio a la tienda y compró todo lo mejor que había.

Suegra: ¿Vino solo?

Muchacha: No, con su madre. Seria, alta. *(La imita.)* ¡Qué lujo! ¡Y compraron unas medias caladas! ¡Ay, qué medias! ¡El sueño de las mujeres en medias! Mire usted: una golondrina aquí *(Señala el tobillo)*, un barco aquí *(Señala la pantorrilla)*, y aquí *(Señala el muslo)* una rosa. ¡Una rosa con semillas y tallo! ¡Ay! ¡Todo en seda!

Suegra: ¡Niña! Ellos tienen dinero. Se unirán dos buenas fortunas. *(Llegan* Leonardo *y su* Mujer.*)*

Muchacha: Vine a contar lo que están comprando.

Leonardo: *(Fuerte.)* No nos importa. *(Agrio.)* ¿Te puedes callar?

Muchacha: Usted dispense. *(Se va llorando.)*

Suegra: ¿Pero qué necesidad tienes de crear problemas con la gente?

Leonardo: No le pregunté su opinión. *(Se sienta.)*

Mujer: *(A Leonardo.)* ¿Qué te pasa? ¿Qué idea te bulle en la cabeza? No me dejes así sin saber nada... Quiero que me mires y me lo digas.

Suegra: *(Enérgica, a su hija.)* ¡Cállate! *(Se va* Leonardo.*) (La* Suegra *entra y sale con el niño en brazos. La*

Mujer *permanece de pie, inmóvil.)*

    Las patas heridas,
    las crines heladas,
    dentro de los ojos
    un puñal de plata.
    La sangre corría
  más fuerte que el agua.

Mujer: *(Volviéndose lentamente y como soñando.)*

    Duérmete clavel,
    que el caballo
    se pone a beber.

Suegra: Duérmete rosal, que el caballo se pone a llorar.

    ¡Ay, caballo grande
    que no quiso el agua!

Mujer: *(Dramática.)*
¡No vengas, no entres!

    ¡Vete a la montaña!
    ¡Ay, dolor de nieve,
    caballo del alba!

Suegra: *(Llorando.)*
Mi niño se duerme...

Mujer: *(Llorando y acercándose lentamente.)* Mi niño descansa...

Telón

CUADRO TERCERO

Casa de la Novia. Al fondo, una cruz de grandes flores rosas. Las puertas redondas con cortinas de encaje y lazos rosas. Por las paredes de material blanco y duro, abanicos redondos, jarros azules y pequeños espejos.

Criada: Pasen... *(Muy afable. Entran el Novio y la Madre, que viste de raso negro y lleva mantilla de encaje. El Novio, de pana negra con gran cadena de oro.)* ¿Quieren sentarse? Ahora vienen. *(Sale.)*

Madre: Tenemos que volver a tiempo. ¡Qué lejos vive esta gente! Cuatro horas de viaje y ni una casa ni un árbol. Tierras buenas, pero solas.

Novio: Éstos son los **secanos**. No hay agua; sólo se riegan con lluvia.

Madre: Tu padre la hubiera buscado. En los tres años que estuvimos casados plantó 10 cerezos; los tres nogales del molino, toda una viña y una planta que se llama *Júpiter*, la cual da flores encarnadas, pero se secó. *(Entra el Padre de la Novia. Es anciano, con el cabello blanco reluciente. Lleva la cabeza inclinada.*

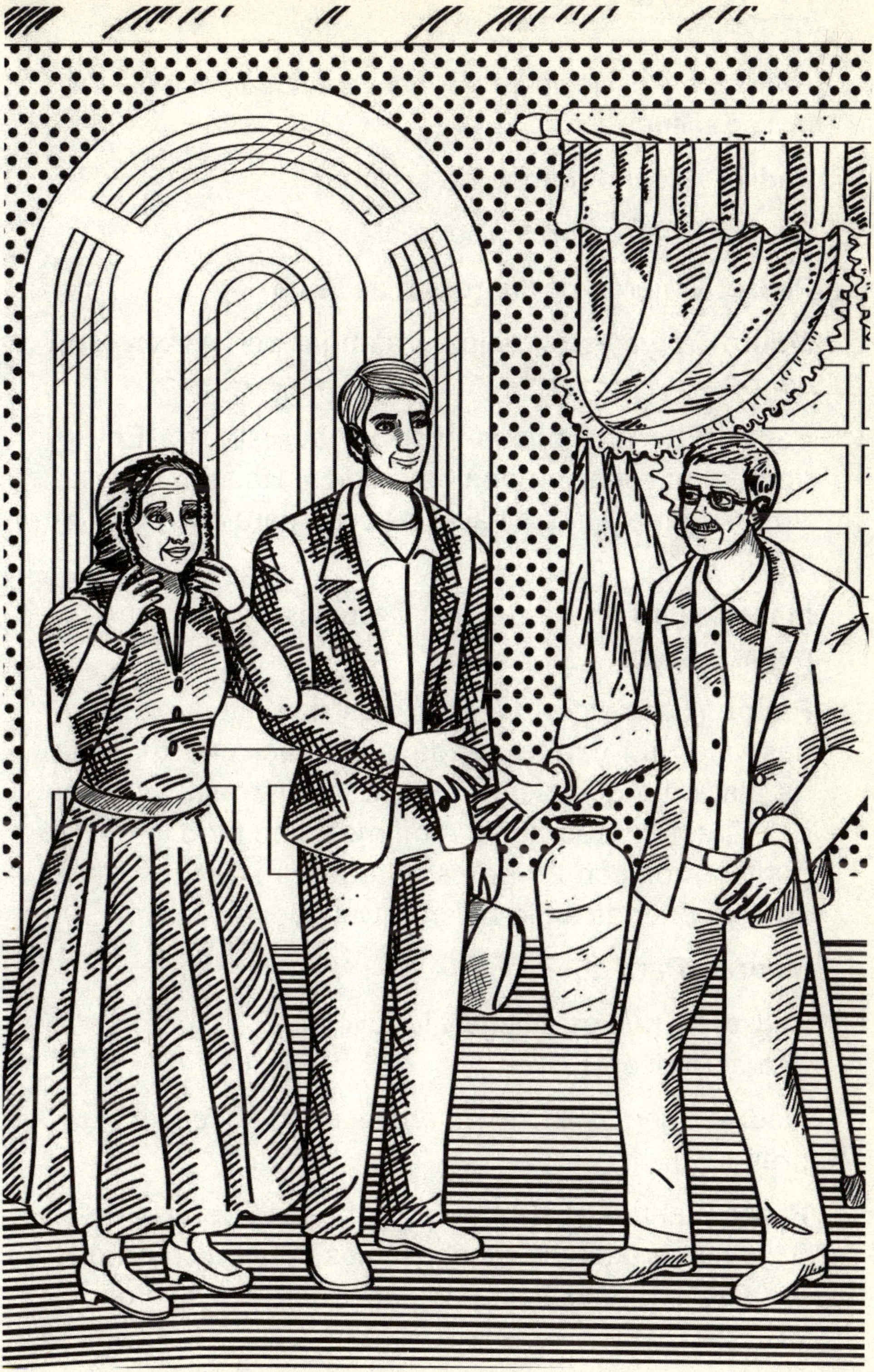

La Madre *y el* Novio *se levantan y todos se dan las manos en silencio.)*

Padre: ¿Mucho tiempo de camino?

Madre: Cuatro horas. *(Se sientan.)*

Padre: Vinieron por la ruta más larga.

Madre: Yo ya estoy vieja para andar por las **terreras** del río.

Padre: Fue una buena cosecha de esparto. En mi tiempo, ni esparto daba esta tierra. Ha sido necesario castigarla y hasta hacerla llorar, para que produzca algo.

Madre: Pero ahora da. No te quejes. Yo no vengo a pedirte nada.

Padre: *(Sonriendo.)* Tú eres más rica que yo. Las viñas valen un capital. Cada pámpano, una moneda de plata. Lo que siento es que las tierras... ¿entiendes?... estén separadas. A mí me gusta todo junto. Si pudiéramos con 20 pares de bueyes traer tus viñas aquí y ponerlas en la ladera. ¡Qué alegría!

Madre: ¿Para qué?

Padre: Lo mío es de ella y lo tuyo de él... ¡Junto sería una hermosura!

Madre: Cuando yo me muera, venden aquello y compran aquí.

Padre: Vender, ¡bah! Comprar, hija, comprarlo todo. Si yo hubiera tenido muchos hijos hubiera comprado todo este monte hasta la parte del arroyo. Porque no es buena tierra; pero con brazos se vuelve buena; además, como no pasa gente, no te roban los frutos y puedes dormir tranquilo. *(Pausa.)*

Madre: Tú sabes a lo que vengo.

Padre: Sí. De acuerdo. Ellos lo han hablado.

Madre: Mi hijo tiene y puede. Es hermoso. No ha conocido mujer. Tiene la honra más limpia que una sábana puesta al sol.

Padre: Qué te digo de la mía. No habla nunca; suave como la lana, sabe toda clase de bordados y puede cortar una **maroma** con los dientes.

Madre: Dios bendiga esta casa. *(Aparece la* Criada, *lleva dos bandejas: una con copas y otra con dulces.)*

Madre: *(Al hijo.)* ¿Cuándo quieren la boda?

Novio: El jueves próximo.

Padre: Día en que ella cumple 22 años.

Madre: ¡22 años! Esa misma edad tendría mi hijo mayor si viviera. Si los hombres no hubieran inventado las navajas y las armas, él viviría caliente y macho como era.

Padre: En eso no hay que pensar.

Madre: Siempre lo hago. Ponte en mi lugar.

Padre: Entonces el jueves. Los novios y nosotros iremos en coche a la iglesia, que está muy lejos. Todas las visitas irán en los carros y en las caballerías que traigan.

Madre: Conformes. *(Pasa la* Criada.*)*

Padre: Dile que entre. *(A la* Madre.*)* Celebraré mucho que te guste. *(Aparece la* Novia. *Trae las manos caídas en actitud modesta y la cabeza baja.)*

Madre: Acércate. ¿Estás contenta?

Novia: Sí, señora.

Padre: No debes estar seria. Al fin y al cabo ella va a ser tu madre.

Novia: Estoy contenta. Cuando he dado el sí es porque quiero darlo.

Madre: Claro. *(Le toma la barbilla.)* Mírame.

Padre: Se parece en todo a mi mujer.

Madre: ¿Sí? ¡Qué hermoso mirar! ¿Tú sabes lo que es casarse, criatura?

Novia: *(Seria.)* Lo sé.

Madre: Un hombre, unos hijos y una pared gruesa para todo lo demás.

Novio: ¿Es que falta otra cosa?

Madre: No. Que vivan todos, ¡eso! ¡Que vivan! Aquí tienes unos regalos.

Novia: Yo sabré cumplir. Gracias.

Padre: ¿Tomamos algo?

Madre: Yo no quiero. *(Al* Novio.*)* ¿Y tú?

Novio: Tomaré. *(Toma un dulce, y la* Novia, *otro. Luego se dirige a la* Novia.*)* Mañana vendré a las cinco.

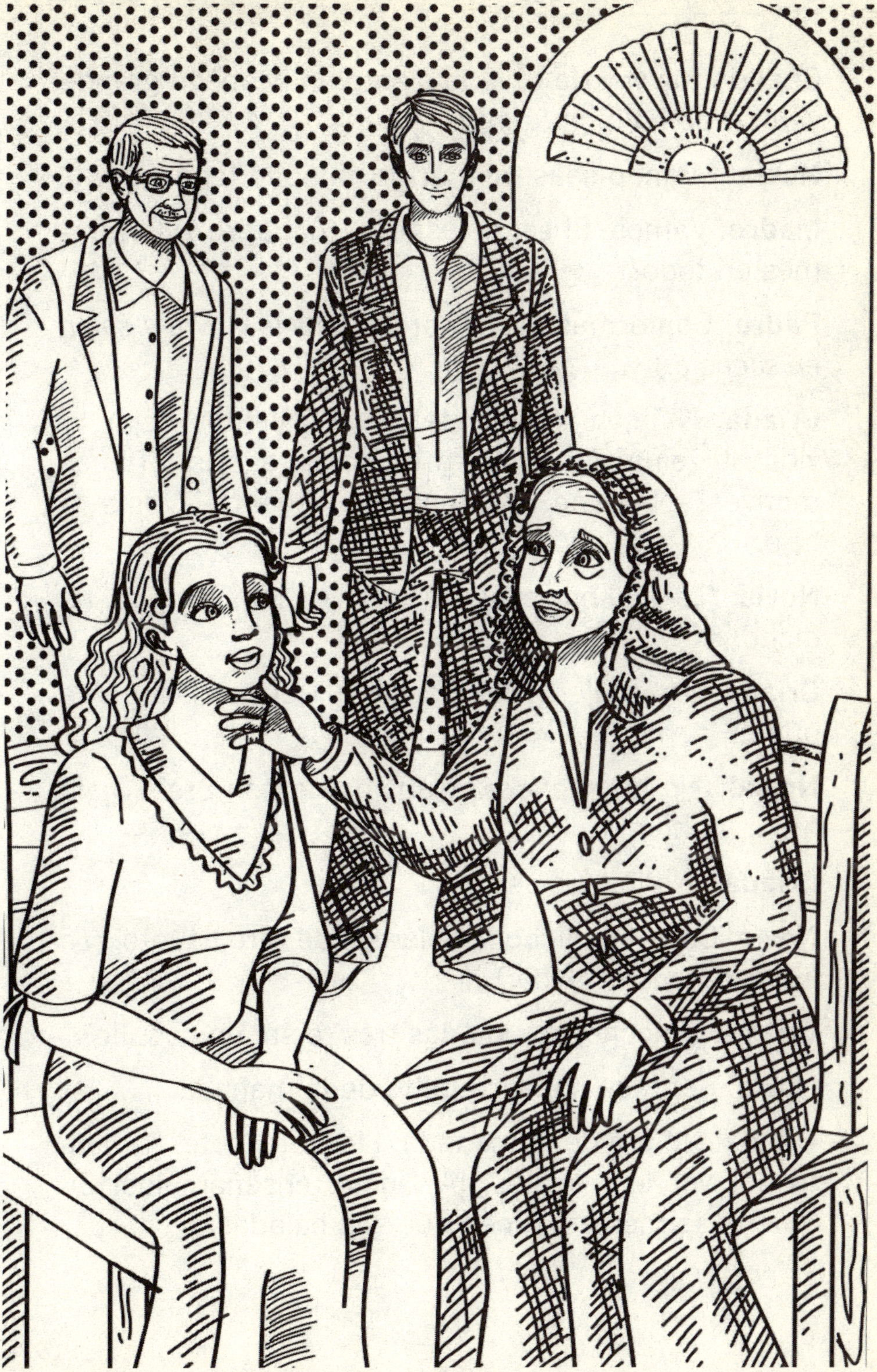

Cuando me voy de tu lado siento un despego grande y un nudo en la garganta.

Novia: Cuando seas mi marido ya no lo tendrás.

Madre: Vamos. El sol no espera. *(Al Padre.)* ¿Conformes en todo?

Padre: Conformes. *(La Madre besa a la Novia y salen en silencio.)*

Criada: Niña, hija, ¿qué te pasa? ¿Sientes dejar tu vida de reina? No pienses en cosas agrias. ¿Tienes motivos? Ninguno. Veamos los regalos. *(Toma la caja.)*

Novia: *(La detiene de las muñecas.)* Suelta. Suelta, he dicho.

Criada: ¡Ay, mujer! ¡Qué bárbara! Tienes más fuerza que un hombre.

Novia: ¿No he hecho yo trabajos de hombre? ¡Ojalá fuera un hombre!

Criada: ¡No hables así!

Novia: Calla, he dicho. Hablemos de otro asunto. *(La luz va desapareciendo.)*

Criada: ¿Anoche, como a las tres, oíste un caballo?

Novia: Sería un caballo suelto de la manada.

Criada: No era de la manada. Llevaba jinete. Reviento por ver los regalos. ¡Ay, niña, enséñamelos! Siquiera las medias. Dicen que son caladas.

Novia: *(Agria.)* ¡Ea, que no! Quita. *(Mordiéndose la mano con rabia.)* ¡Ay!

Criada: Está bien. Parece que no tuvieras ganas de casarte. Yo vi al jinete. Estuvo parado en tu ventana. Me chocó mucho.

Novia: ¿No sería mi novio? A veces ha pasado a esas horas. ¿Quién era?

Criada: Era Leonardo.

Novia: *(Fuerte.)* ¡Mentira! ¡Mentira! ¿A qué viene aquí? ¡Cállate! ¡Maldita sea tu lengua! *(Se oye el ruido de un caballo.)*

Criada: *(En la ventana.)* Asómate. ¡Es Leonardo!

Telón rápido

ACTO SEGUNDO

CUADRO PRIMERO

Zaguán de casa de la Novia. *Portón al fondo. Es de noche. La* Novia *sale con enaguas blancas, llenas de encajes y puntas bordadas y un corpiño blanco, con los brazos al aire. La* Criada, *lo mismo.*

Novia: No se puede estar ahí dentro, por el calor. Mi madre era de un sitio donde había muchos árboles. De tierra rica.

Criada: En estas tierras no refresca ni al amanecer. *(La* Novia *se sienta en una silla baja y se mira en un espejito. La* Criada *la peina.)* ¡Ella era muy alegre!

Novia: Pero se consumió aquí. Como nos consumimos todas. Echan fuego las paredes. ¡Ay! No tires demasiado.

Criada: Es para arreglarte mejor esta onda. Quiero que te caiga sobre la frente. *(La* Novia *se mira en el espejo.)* ¡Qué hermosa estás! *(Peinándola.)* ¡Dichosa tú que vas a abrazar a un hombre, que lo vas a besar, que vas a sentir su peso! Lo mejor es cuando despiertes y lo sientas al lado y que él te roce los hombros con su aliento, como con una plumilla de ruiseñor.

Novia: *(Fuerte.)* ¿Te quieres callar?

Criada: ¡Pero, niña! ¿Qué es una boda? Una boda es esto y nada más. ¿Son los dulces, las flores? No. Es una cama relumbrante y un hombre y una mujer.

Novia: Eso no se debe decir.

Criada: Eso es otra cosa. ¡Pero es bien alegre!

Novia: O bien amargo.

Criada: Te voy a poner el azahar desde aquí hasta aquí, de modo que la corona luzca sobre el peinado. *(Le prueba un ramo de azahar.)*

Novia: Trae. *(Toma el azahar, lo mira y deja caer la cabeza, abatida.)*

Criada: ¿Qué es esto? No es momento de ponerse triste. *(Animosa.)* Dame el azahar. *(La* Novia *lo tira.)* ¡Niña! ¿Qué castigo pides tirando al suelo la corona? ¡Levanta la frente! ¿No te quieres casar? Dilo. Aún puedes arrepentirte.

Novia: Son nublos. Un mal aire en el centro, ¿quién no lo tiene?

Criada: ¿Quieres a tu novio?

Novia: Sí; pero éste es un paso muy grande.

Criada: Estoy segura de que lo quieres.

Novia: Ya me comprometí.

Criada: Te voy a poner la corona.

Novia: *(Se sienta.)* Date prisa; ya estarán llegando.

Criada: Llevarán unas dos horas de camino.

Novia: ¿Cuánto hay de aquí a la iglesia?

Criada: Cinco leguas por el arroyo, pero por el camino hay el doble.

(La Novia *se levanta y la* Criada *se alegra al mirarla.)*

Despierte la novia
la mañana de la boda.
¡Qué los ríos del mundo
lleven tu corona!
(La besa entusiasmada y baila alrededor.)
¡Que despierte
con el ramo verde
del laurel florido!

¡Que despierte
por el tronco y la rama
de los laureles!
(Se oyen unos aldabonazos.)

Novia: ¡Abre! Deben ser los primeros convidados. (*La* Novia *se va. La* Criada *abre y se asombra.*)

Criada: ¿Tú?

Leonardo: Yo. Buenos días. ¿No me convidaron? Por eso vengo.

Criada: ¡El primero! Sí. ¿Y tu mujer?

Leonardo: Vine a caballo. Ella se acerca.

Criada: ¿No te encontraste a nadie?

Leonardo: Los pasé con el caballo.

Criada: Matarás al animal con tanta carrera.

Leonardo: ¡Cuando se muera, muerto está!

Criada: Siéntate. Aún no se ha levantado nadie.

Leonardo: ¿Y la novia? ¡Estará contenta!

Criada: Ahora mismo la voy a vestir.

Criada: *(Variando de tema.)* ¿Y tu hijo? ¿Lo traen?

Leonardo: No. *(Pausa. Voces cantando lejos.)*

Voces: ¡Despierte la novia
la mañana de la boda!

Leonardo: Despierte la novia
la mañana de la boda.

Criada: Son los invitados. Vienen lejos todavía.

Leonardo: (*Levantándose.*) ¿La novia llevará una corona grande? No debería ser grande; una pequeña le sentaría mejor. ¿El novio trajo ya el azahar que se debe poner en el pecho?

Novia: (*Apareciendo en enaguas y con la corona de azahar puesta.*) Lo trajo.

Criada: (*Fuerte.*) No salgas así, niña.

Novia: (A Leonardo.) ¿Qué más da? (*Seria.*) ¿Con qué intención preguntas sobre el azahar?

Leonardo: Ninguna. ¿Qué intención iba a tener? (*Acercándose.*) Tú, que me conoces, sabes que no lo llevo. Dímelo. ¿Quién he sido yo para ti? Abre y refresca tu recuerdo. Pero dos bueyes y una mala choza son casi nada. Ésa es la espina.

Novia: ¿A qué vienes?

Leonardo: A ver tu casamiento.

Novia: ¡También yo vi el tuyo!

Leonardo: Amarrado por ti, hecho con tus manos. A mí me pueden matar, pero no escupir. Y la plata, que brilla tanto, a veces escupe. No quiero hablar, porque soy hombre de sangre y no quiero que todos estos cerros oigan mis voces.

Novia: Las mías serían más fuertes.

Criada: Estas palabras no pueden seguir. Tú no tienes que hablar de lo pasado. *(La* Criada *mira a las puertas, presa de inquietud.)*

Novia: Tiene razón. Yo no debo hablarte. Pero se me calienta el alma de que vengas a verme y a atisbar mi boda y que preguntes con intención por el azahar.

Leonardo: ¿Tú y yo no podemos hablar?

Criada: *(Con rabia.)* No. Ustedes no deben hablar.

Leonardo: Después de mi boda he pensado noche y día de quién fue la culpa, y cada vez sale una culpa nueva que se come a la otra; ¡siempre hay alguna culpa!

Novia: Un hombre con su caballo sabe mucho y puede mucho para lograr estrujar a una muchacha metida en un desierto. Pero yo tengo orgullo. Por eso me caso. Me encerraré con mi marido, a quien tengo que querer por encima de todo.

Leonardo: El orgullo no te servirá de nada. Callar y quemarse es el castigo más grande que nos podemos echar encima. ¿De qué me sirvió a mí el orgullo y el no mirarte y dejarte despierta noches y noches? ¡De nada! ¡Sólo para echarme fuego encima! Porque tú crees que el tiempo cura y que las paredes tapan, y eso no es verdad. ¡Cuando las cosas llegan a los centros no hay quien las arranque! No puedo oírte. No quiero oír tu voz. Es como si bebiera una botella de anís y me durmiera en una colcha de rosas. Y me arrastra. Me ahogo, pero voy detrás.

Criada: *(Apresando a* Leonardo *por las solapas.)* ¡Debes irte ahora mismo!

Leonardo: Es la última vez que voy a hablar con ella. No temas nada.

Novia: Sé que estoy loca. Sé que tengo el pecho podrido de aguantar, y aquí estoy, ansiosa por oírlo, por verlo menear los brazos.

Leonardo: No me quedo tranquilo si no te lo digo. Yo me casé. Cásate tú.

Criada: *(A Leonardo.)* ¡Y se casa! *(Pausa. Voces cantando más cerca.)*

Voces: Despierte la novia
                la mañana de la boda.

Novia: ¡Despierte la novia! *(Sale corriendo a su cuarto.)*

Criada: Ya llegó la gente. *(A Leonardo.)* No te vuelvas a acercar a ella.

Leonardo: Descuida. *(Sale por la izquierda. Empieza a clarear el día.)*

Muchacha 1ª: *(Entrando.)* Despierte la novia
la mañana de la boda;
ruede la ronda
y en cada balcón una corona.

Voces: ¡Despierte la novia!

Criada: *(Moviendo algazara.)*
Que despierte
con el ramo verde
del amor florido.
¡Que despierte
por el tronco y la rama
de los laureles!

Mozo 1º: *(Entrando con el sombrero en alto.)*
Despierte la novia,
que por los campos viene
rodando la boda,
con bandejas de dalias
y panes de gloria.

Muchacha 2ª: La novia se ha puesto
su blanca corona,
y el novio se la prende
con lazos de oro.
(Entran tres Convidados.)

Mozo 1º: ¡Despierta, paloma!
El alba despeja
campanas de sombra.

Convidado 1º: La novia, la blanca novia,
hoy doncella,
mañana señora.

Criada: Un árbol quiero bordarle
lleno de cintas granates
y en cada cinta un amor
con vivas alrededor.

Convidado 2º: La mañana de la boda
qué galana vas a estar,
pareces flor de los montes,
la mujer de un capitán.

Padre: *(Entrando.)* La mujer de un capitán
se lleva el novio.

¡Ya viene con sus bueyes
por el tesoro!

Muchacha 3ª: El novio
parece la flor del oro;
cuando camina,
a sus plantas se agrupan
las clavelinas.

Criada: ¡Ay, mi niña dichosa!
¡Ay, mi galana!

Muchacha 1ª: La boda está llamando
por las ventanas.
Que salga la novia.

Criada: ¡Que toquen y repiquen
las campanas!

Mozo 1º: ¡Ya viene! ¡Ya sale! (*Aparece la* Novia. *Viste traje negro, con caderas y larga cola rodeada de gasas plisadas y encajes. Sobre el peinado lleva la corona de azahar. Suenan las guitarras.*)

Muchacha 3ª: ¿Qué te echaste en el pelo? (*Ve el traje.*) La tela es hermosa.

Mozo 1º: ¡Aquí está el novio!

Novio: ¡Salud!

Muchacha 1ª: (*Poniéndole una flor en la oreja.*) El novio parece la flor del oro.

Muchacha 2ª: ¡Aires de sosiego
le manan los ojos!
(El Novio *se dirige al lado de la* Novia.*)*

Mujer de Leonardo: *(Entra y besa a la* Novia.*)* ¡Salud! *(Todos, alegres.)*

Leonardo: *(Entrando como quien cumple un deber.)*
La mañana de casada
la corona te ponemos.

Mujer: ¡Para que el campo se alegre
con el agua de tu pelo!

Madre: *(Al* Padre.*)* ¿También están ésos aquí?

Padre: Son familia. ¡Hoy es día de perdones!

Madre: Me aguanto, pero no perdono.

Novia: ¡Vámonos pronto a la iglesia!

Novio: ¿Tienes prisa?

Novia: Sí. Estoy deseando ser tu mujer y quedarme sola contigo, y sólo oír tu voz.

Novio: ¡Eso quiero yo!

Novia: Y no ver más que tus ojos. Y que me abrazaras tan fuerte, que aunque me llame mi madre, que está muerta, no me pueda despegar de ti.

Novio: Tengo mucha fuerza en los brazos. Te voy a abrazar 40 años seguidos.

Novia: *(Dramática, abrazándolo.)* ¡Siempre!

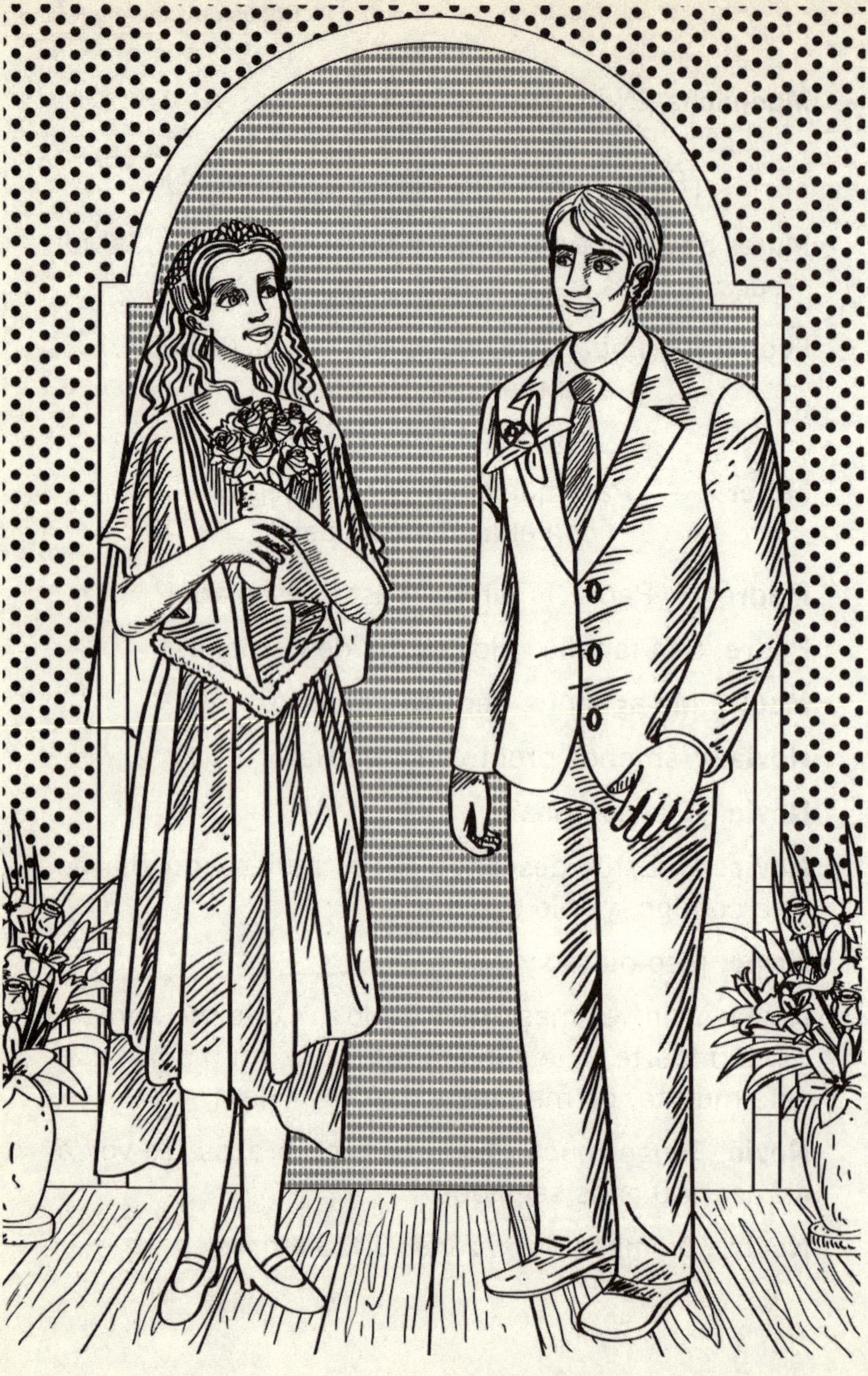

Padre: ¡Tomemos las caballerías y los carros! ¡Ya salió el sol!

Madre: ¡Tengan cuidado! No sea que tengamos mala hora. *(Salen.)*

Criada: *(Llorando.)* Al salir de tu casa,
blanca doncella,
acuérdate que sales
como una estrella.

Muchacha 1ª: Limpia de cuerpo,
y ropa, al salir de tu
casa para la boda.

Criada: ¡El aire pone flores
por las arenas!
*(Se oye música.
Quedan solos* Leonardo
y *su* Mujer.*)*

Mujer: Vamos a la iglesia. Pero no vas en el caballo. Vienes conmigo.

Leonardo: ¿En el carro? Yo no soy hombre para ir en carro.

Mujer: Y yo no soy mujer para ir sin su marido a un casorio. ¡No puedo más!

Leonardo: ¡Ni yo tampoco!

Mujer: ¿Por qué me miras así? Tienes una espina en cada ojo. No sé lo que pasa. Pienso y no quiero pensar. Una cosa sé. Yo ya estoy despachada. Pero tengo un hijo, y otro que viene. El mismo sino tuvo mi madre. *(Voces fuera.)*

Voces: ¡Al salir de tu casa
para la iglesia,
acuérdate que sales
como una estrella!
Mujer: *(Llorando.)* ¡Acuérdate que sales
como una estrella!
Así salí yo de mi casa también. *(Salen.)*

Telón lento

CUADRO SEGUNDO

Exterior de la casa de la Novia. *Tonos en blancos, grises y azules fríos. Grandes chumberas. Panorama de mesetas color barquillo, todo endurecido como paisaje de cerámica popular.*

Criada: *(Arreglando en una mesa copas y bandejas.)*
Giraba,
giraba la rueda
y el agua pasaba.
Porque llega la boda
que se aparten las ramas
y la luna se adorne
por su blanca baranda.
(En voz alta.) ¡Pon los manteles!
(En voz poética) Cantaban,
cantaban los novios
y el agua pasaba.
Porque llega la boda
que relumbre la escarcha
y se llenen de miel
las almendras amargas.
(En voz alta.) ¡Prepara el vino!
(En voz poética.) Galana,
galana de la tierra,
mira cómo el agua pasa.
Porque llega tu boda
recógete las faldas
y bajo el ala del novio
nunca salgas de tu casa.

Porque el novio es un palomo
con todo el pecho de brasa
y espera el campo, el rumor
de la sangre derramada.
Giraba,
giraba la rueda
y el agua pasaba.
¡Porque llega tu boda,
deja que relumbre el agua!

Padre: ¿Somos los primeros?

Criada: No. Llegó Leonardo con su mujer. Corrieron como demonios. La mujer está muerta de miedo. Hicieron el camino como si hubieran venido a caballo.

Padre: Ése anda buscando la desgracia. No tiene buena sangre.

Madre: ¿Qué sangre va a tener? La de toda su familia. Mana de su bisabuelo, que empezó matando, y sigue en toda la mala ralea, manejadores de cuchillos y gente de falsa sonrisa.

Padre: ¡Vamos a dejarlo!

Madre: Me duele hasta la punta de las venas. En la frente de todos ellos sólo veo la mano con que mataron a lo que era mío. ¿Me ves? ¿Te parezco loca? Loca por no haber gritado todo lo que mi pecho necesita. Tengo en mi pecho un grito siempre puesto de pie a quien debo castigar y meter entre los mantos. Pero se llevan a los muertos y hay que callar. Luego la gente critica. (*Se quita el manto.*)

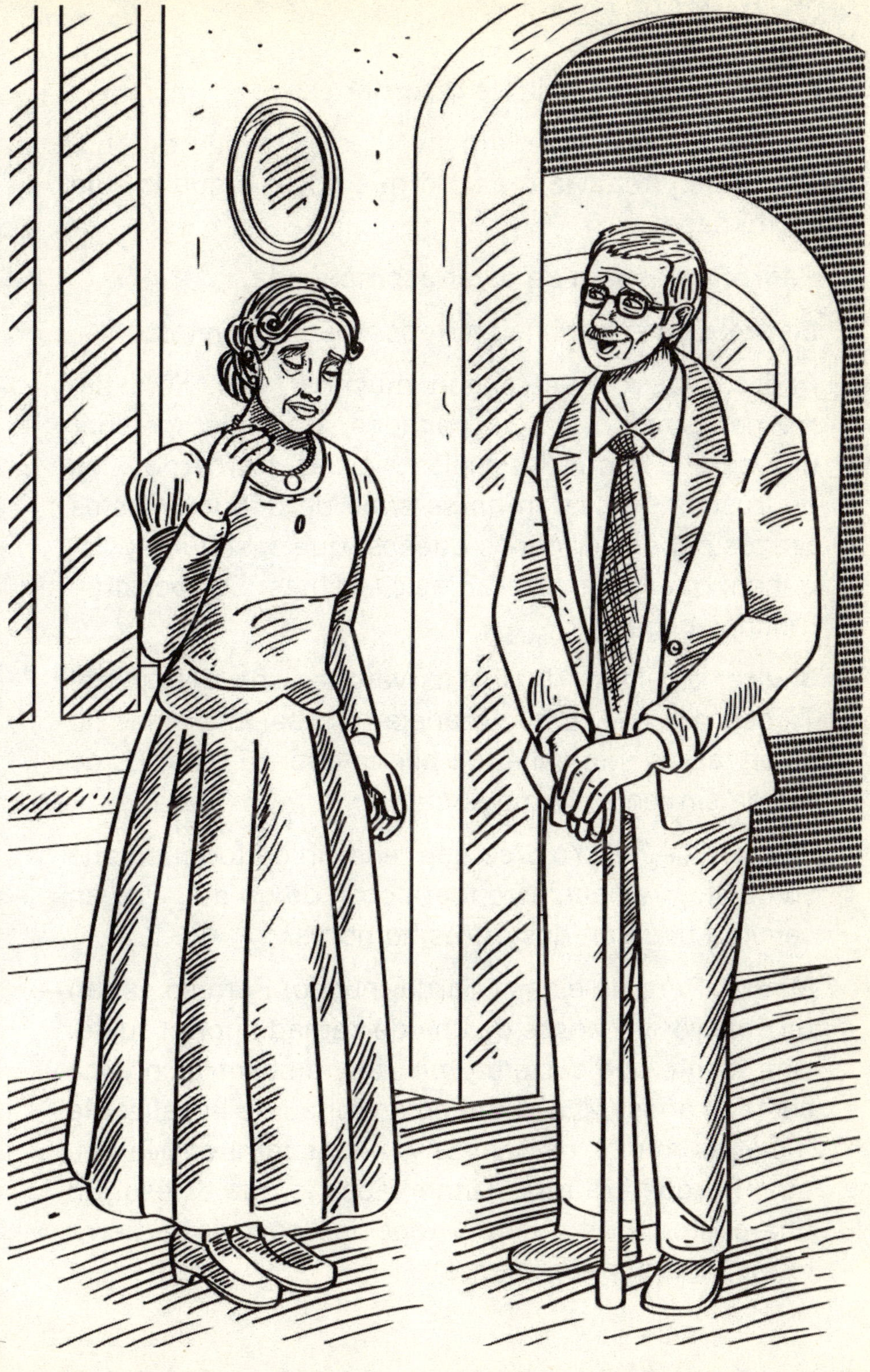

Padre: Hoy no es día de recordar eso.

Madre: Cuando sale la conversación, tengo que hablar. Y hoy todavía más, porque hoy me quedo sola en mi casa.

Padre: En espera de estar acompañada.

Madre: Ésa es mi ilusión: tener muchos nietos.

Padre: Quiero que tengan muchos hijos. Esta tierra necesita brazos no pagados. Hay que sostener una batalla contra las malas hierbas, los cardos, los pedruscos que salen no se sabe de dónde. Y estos brazos deben ser de los dueños, que castiguen y dominen, que hagan brotar las simientes. Se necesitan muchos hijos.

Madre: ¡Y alguna hija! ¡Los varones son del viento! Tienen por fuerza que manejar armas. Las niñas no salen jamás a la calle. Mi hijo la cubrirá bien. Es de buena simiente. Como su padre.

Padre: *(Alegre.)* Yo creo que tendrán de todo. Lo que yo quisiera es que esto fuera cosa de un día. Que en seguida tuvieran dos o tres hombres.

Madre: Pero no es así. Tarda mucho. Por eso es tan terrible ver la sangre de una derramada por el suelo. Una fuente que corre un minuto y a nosotros nos ha costado años. Mi hijo quedó en mitad de la calle. Me mojé las manos de sangre y me las lamí con la lengua. Porque era mía. Tú no sabes lo que es eso. En una custodia de cristal y topacios pondría la tierra empapada por esa sangre.

Padre: Mi hija es ancha y tu hijo es fuerte. (*A la* Criada.) Prepara las bandejas.

Criada: Están preparadas.

Mujer: *(Entrando.)* ¡Que sea para bien!

Leonardo: ¿Habrá fiesta?

Padre: Poca. La gente no puede entretenerse.

Criada: ¡Ya están aquí! *(Van entrando invitados en alegres grupos. Llegan los novios tomados del brazo. Sale Leonardo.)*

Novio: En ninguna boda se vio tanta gente.

Novia: *(Sombría.)* En ninguna.

Madre: Ramas enteras de familias han venido. Tu padre sembró mucho y ahora lo recoges tú. Vino toda la gente de la costa.

Novio: Gente que no salía de su casa. Hubo primos míos que ya no conocía.

Novia: *(Muy alegre.)* Ellos se espantaban de los caballos.

Madre: *(A la* Novia.*)* ¿Qué piensas?

Novia: No pienso en nada.

Madre: Las bendiciones pesan mucho. *(Se oyen guitarras.)*

Novia: Como plomo.

Madre: *(Fuerte.)* Pero no han de pesar. Ligera como paloma debes ser.

Novia: ¿Se queda usted aquí esta noche?

Madre: No. Mi casa está sola.

Novia: ¡Debía usted quedarse!

Padre: *(A la* Madre.*)* Mira el baile que tienen formado. Bailes de allá, de la orilla del mar. *(Sale Leonardo y se sienta. Su Mujer, rígida, tras él.)*

Madre: Son los primos de mi marido. Duros como piedras para la danza.

Padre: Me alegra verlos. ¡Qué cambio para esta casa! *(Se va.)*

Novio: *(A la* Novia.*)* ¿Te gustó el azahar?

Novia: *(Mirándole fija.)* Sí.

Novio: Es todo de cera. Dura para siempre. Me hubiera gustado que llevaras en todo el vestido.

Novia: No hace falta. *(Leonardo hace mutis por la derecha.)*

Muchacha 1ª: Vamos a quitarte los alfileres.

Novia: *(Al Novio.)* Ahora vuelvo.

Mujer: *(Al* Novio*)* ¡Que seas feliz con mi prima!

Novio: Así será. Estoy seguro.

Mujer: Aquí los dos; sin salir y a levantar la casa. ¡Ojalá yo viviera así de lejos!

Novio: ¿Por qué no compran tierras? Aquí es barato y los hijos se crían mejor.

Mujer: No tenemos dinero. ¡Y con el camino que llevamos!

Novio: Tu marido es un buen trabajador.

Mujer: Sí, pero le gusta volar. Ir de una cosa a otra. No es hombre tranquilo.

Criada: ¿No toman nada? Te envolveré unos panes para tu madre.

Novio: Mándale tres docenas. Hoy es un día especial.

Mujer: *(A la* Criada.*)* ¿Y Leonardo?

Criada: No lo vi. Debe estar con la gente.

Mujer: ¡Voy a buscarlo!

Criada: Aquello está hermoso.

Novio: ¿Tú no bailas?

Criada: No hay quien me saque. *(Pasan al fondo dos* Muchachas; *durante todo este acto el fondo será un animado cruce de figuras.)*

Novio: *(Alegre.)* Eso se llama no entender. Las viejas frescas bailan mejor que las jóvenes.

Criada: ¿Me echas requiebros, niño? ¡Qué familia la tuya! ¡Machos entre los machos! Yo vi la boda de tu abuelo. ¡Qué figura! Parecía que se casaba un monte.

Novio: Yo tengo menos estatura.

Criada: Pero el mismo brillo y entusiasmo en los ojos. ¿Y la niña?

Novio: Quitándose la toca.

Criada: ¡Ah! Para la medianoche, como no dormirán, les preparé jamón y unas copas de vino antiguo. Está en la alacena. Por si lo necesitan.

Novio: *(Sonriente.)* No como a media noche.

Criada: *(Con burla.)* Si tú no, la novia, sí. *(Sale.)*

Mozo 1°: *(Entrando.)* ¡Bebe con nosotros!

Novio: Estoy esperando a la novia.

Mozo 2°: ¡Ya la tendrás en la madrugada! ¡Que es cuando más gusta!

Novio: Vamos. *(Salen. Se oye gran jolgorio. Sale la* Novia. *Por el lado opuesto corren dos* Muchachas *a encontrarla.)*

Muchacha 1ª: ¿A quién diste el primer alfiler, a mí o a ésta?

Novia: No me acuerdo.

Muchacha 1ª: A mí me lo diste aquí.

Muchacha 2ª: A mí delante del altar.

Novia: *(Inquieta y con gran lucha interior.)* No sé nada. No me importa nada. Tengo mucho que pensar. *(Leonardo cruza al fondo.)* Son momentos agitados.

Muchacha 1ª: ¡Nosotras no sabemos nada!

Novia: Lo sabrán a su tiempo. Estos pasos son pasos que cuestan mucho.

Muchacha 1ª: ¿Te has disgustado?

Novia: No. Perdónenme.

Muchacha 2ª: Pero los dos alfileres sirven para casarse, ¿verdad?

Novia: Claro. Los dos sirven. ¿Tantas ganas tienen? ¿Para qué?

Muchacha 1ª: *(Vergonzosa.)* Sí. Pues... *(Abrazando a la segunda. Ambas echan a correr. Llega el* Novio *y muy despacio abraza a la* Novia *por detrás.)*

Novia: *(Con gran sobresalto.)* ¡Quita!

Novio: ¿Te asustas de mí?

Novia: ¡Ay! ¿Eras tú?

Novio: ¿Quién más? *(Pausa.)* Tu padre o yo. Aunque él lo haría más suave.

Novia: *(Sombría.)* ¡Claro!

Novio: *(La abraza fuerte; algo brusco.)* Porque es viejo.

Novia: *(Seca.)* ¡Déjame!

Novio: ¿Por qué? *(La deja.)*

Novia: Pues... la gente. Pueden vernos. *(Vuelve a cruzar al fondo* Leonardo.*)*

Novio: ¿Y qué? Ya es sagrado.

Novia: Sí, pero déjame... Luego.

Novio: ¿Qué tienes? ¡Estás como asustada!

Novia: No tengo nada. No te vayas. *(Sale. Entra la* Mujer *de* Leonardo.*)*

Mujer: No quiero interrumpir..., pero, ¿pasó por aquí mi marido? No lo encuentro. El caballo tampoco está en el establo.

Novio: *(Alegre.)* Debe estar dándole una carrera. *(Se va la* Mujer, *inquieta. Sale la* Criada.*)*

Criada: ¿No están contentos con tanto saludo?

Novio: Ya estoy deseando que acabe. La novia está un poco cansada.

Criada: ¿Qué es eso, niña? Una novia de estos montes debe ser fuerte. *(Al* Novio.*)* Ahora, tú eres el único que la puede curar. *(Sale.)*

Novio: *(Abrazando a la* Novia.*)* Vamos un rato al baile. *(La besa.)*

Novia: *(Angustiada.)* No. Quiero descansar en la cama.

Novio: Te haré compañía.

Novia: ¡No! ¿Con la gente aquí? ¿Qué dirían? Déjame sosegar un momento.

Novio: ¡Lo que quieras! ¡Pero, por favor, no estés así por la noche!

Novia: *(En la puerta.)* A la noche estaré mejor.

Novio: ¡Eso quiero! *(Aparece la* Madre.*)*

Madre: Hijo. ¿Estás contento? ¿Y tu mujer?

Novio: Sí lo estoy. Ella descansa un poco. ¡Mal día para las novias!

Madre: ¿Mal día? El único bueno. Para mí fue como una herencia. *(Entra la* Criada *y se dirige al cuarto de la* Novia.*)* Es la **roturación** de las tierras, la plantación de árboles nuevos.

Novio: ¿Usted se va a ir? ¿Va a estar sola allá?

Madre: Sí. Yo tengo que estar en mi casa. No estaré sola. Tengo la cabeza llena de cosas y de hombres y de luchas.

Novio: Pero luchas que ya no son luchas. *(Sale la* Criada *rápidamente; luego desaparece corriendo.)*

Madre: Mientras una vive, lucha. Con tu mujer procura estar cariñoso, y si la notaras infatuada o arisca, hazle una caricia que le produzca un poco de daño, un abrazo fuerte, un mordisco y luego un beso suave. Que ella no pueda disgustarse, pero que sienta que tú eres el macho, el amo, el que manda. Así aprendí de tu padre. Y como tú no lo tienes, tengo que ser yo la que te enseñe estas fortalezas.

Novio: ¡Siempre la obedezco! Yo siempre haré lo que usted mande.

Padre: *(Entrando.)* ¿Y mi hija?

Novio: Está dentro.

Muchacha 1ª: ¡Vengan los novios, que vamos a bailar la rueda!

Mozo 1º: *(Al Novio.)* Tú la vas a dirigir.

Padre: *(Saliendo.)* ¡Aquí no está!

Novio: ¿No? ¡Voy a ver! *(Entra. Se oye* **algazara**.*)*

Padre: Debe haber salido a la baranda.

Muchacha 1ª: ¡Ya han empezado! *(Sale.)*

Novio: *(Saliendo.)* No está.

Madre: *(Inquieta.)* ¿No?

Padre: ¿Adónde pudo haber ido? *(Dramático.)* ¿No está en el baile?

Criada: *(Entrando.)* En el baile no está.

Madre: *(Seria.)* No lo sabemos. *(Sale el* Novio. *Entran tres invitados.)*

Padre: *(Con energía.)* Hay mucha gente. ¡Vean bien! *(Trágico.)* ¿Dónde está?

Novio: *(Entrando.)* Nada. En ningún sitio.

Madre: *(Al* Padre.*)* ¿Dónde está tu hija? *(Entra la mujer de* Leonardo.*)*

Mujer: ¡Huyeron! Ella y Leonardo. En el caballo. ¡Iban como una exhalación!

Padre: ¡No es verdad! ¡Mi hija, no!

Madre: ¡Tu hija, sí! Plantas de mala madre. ¡Pero ya es la mujer de mi hijo!

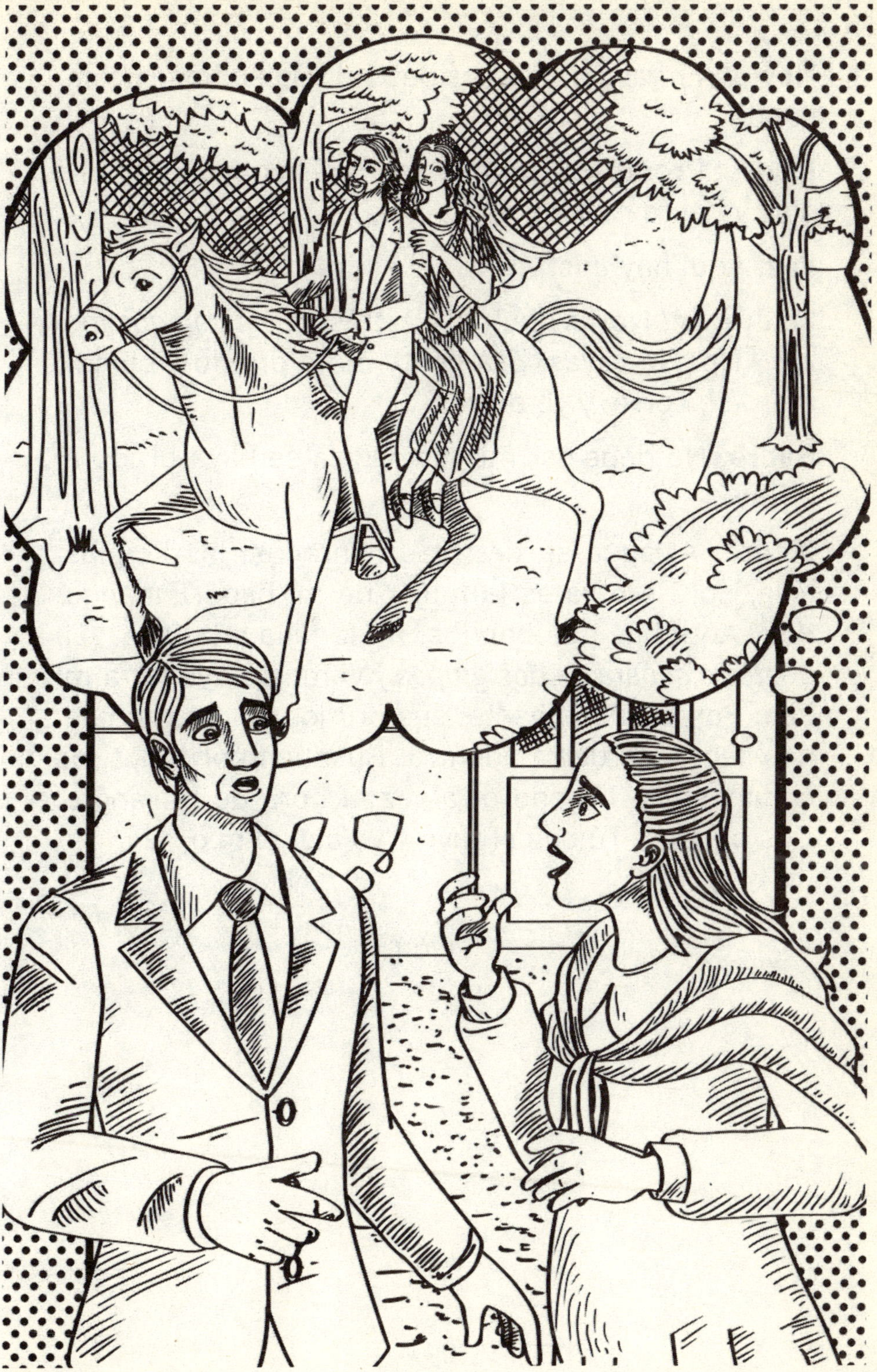

Novio: *(Entrando.)* ¡Vamos detrás! ¿Quién tiene un caballo?

Madre: Pronto, un caballo. Le daré lo que tengo, mis ojos y hasta mi lengua...

Voz: Aquí hay uno.

Madre: *(Al* Novio.*)* ¡Anda! ¡Detrás! *(Sale con dos mozos.)* No. No vayas. Esa gente mata pronto y bien...; ¡pero sí, corre, y yo detrás!

Padre: No debe ser mi hija. Quizá se haya tirado al **aljibe**.

Madre: Al agua se tiran las honradas, las limpias; ¡ésa, no! Pero ya es la mujer de mi hijo. *(Entran todos.)* Aquí hay dos bandos: mi familia y la tuya. *(La gente se separa en dos grupos.)* Vamos a ayudar a mi hijo. Porque tiene gente: sus primos del mar y quienes llegan de tierra adentro. Busquen por todos los caminos. Ha llegado otra vez la hora de la sangre. Dos bandos. Tú con el tuyo y yo con el mío.

Telón

Acto tercero

CUADRO PRIMERO

Bosque. Es de noche. Hay grandes troncos húmedos. Ambiente oscuro. Se oyen dos violines. (Salen dos Leñadores.)

Leñador 1º: ¿Ya los encontraron?

Leñador 2º: No. Pero los buscan por todas partes. Ya darán con ellos. ¡Chist! Parece que se acercan por todos los caminos a la vez.

Leñador 1º: Cuando salga la luna los verán y los matarán.

Leñador 2º: Deberían dejarlos. El mundo es grande. Todos pueden vivir en él. Hay que seguir la inclinación; han hecho bien en huir.

Leñador 1º: Se estaban engañando uno a otro y, al final, la sangre pudo más. Hay que seguir el camino de la sangre.

Leñador 2º: Pero sangre que ve la luz se la bebe la tierra.

Leñador 1º: Vale más ser muerto desangrado que vivo podrido. ¿Oyes algo?

Leñador 2º: Oigo el acecho de la noche. Pero el caballo no se siente.

Leñador 1º: Ahora la estará queriendo.

Leñador 2º: El cuerpo de ella era para él y el cuerpo de él para ella.

Leñador 1º: Los matarán. Pero ya habrán mezclado sus sangres y serán como dos cántaros vacíos, como dos arroyos secos.

Leñador 2º: Hay muchas nubes y será muy fácil que la luna no salga. Aunque el novio los encontrará con luna o sin ella. Yo lo vi salir. Iba como estrella furiosa. La cara color ceniza. Expresaba el sino de su casta.

Leñador 1º: Su casta de muertos en mitad de la calle. ¿Romperán el cerco?

Leñador 2º: Es difícil. Hay cuchillos y escopetas a 10 leguas a la redonda. Él tiene un buen caballo. Pero lleva una mujer.

Leñador 1º: Ahora sale la luna. *(Por la izquierda surge una claridad.)*

¡Ay, luna que sales!
Luna de las hojas grandes.

Leñador 2º:¡Llena de jazmines la sangre!

Leñador 1º: ¡Ay, luna sola!
¡Luna de las verdes hojas!

Leñador 2º: Plata en la cara de la novia.
¡Ay, luna mala!
Deja para el amor la oscura rama.

(Salen. Por la claridad de la izquierda aparece la Luna, que es un leñador joven con la cara blanca. La escena adquiere un vivo resplandor azul.)

Luna: ¿Quién se oculta? ¿Quién solloza por la maleza del valle?
La luna deja un cuchillo
abandonado en el aire,
que siendo acecho de plomo
quiere ser dolor de sangre.
¡Déjenme entrar! ¡Vengo helada!
¡Abrir tejados y pechos
donde pueda calentarme!
¡Tengo frío! Mis cenizas
buscan la cresta del fuego
por los montes y las calles.
Pues esta noche tendrán
mis mejillas roja sangre.
¡Quiero entrar en un pecho
para poder calentarme!
No quiero sombras. Mis rayos
han de entrar en todas partes,
para que esta noche tengan

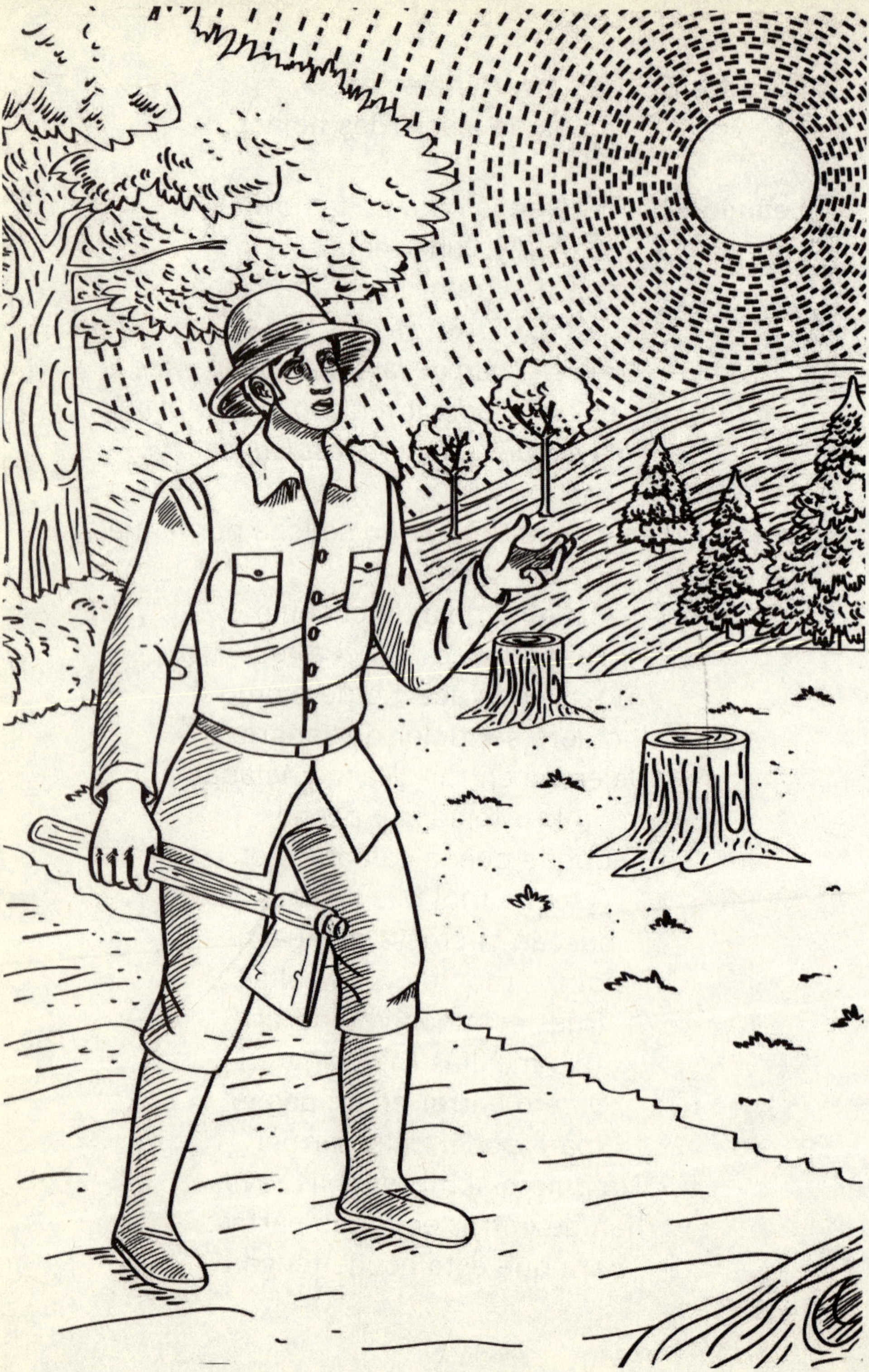

mis mejillas dulce sangre,
y los juncos agrupados
en los anchos pies del aire.

*(Desaparece entre los troncos, y vuelve la escena
a su luz oscura. Sale una anciana totalmente cubierta
por tenues paños verdeoscuros. Lleva los pies
descalzos. Apenas si se le verá
el rostro entre los pliegues.)*

Mendiga: Esa luna se va y ellos se acercan.
De aquí no pasan. El rumor del río
apagará con el rumor de troncos
el desgarrado vuelo de los gritos.
Aquí ha de ser, y pronto. Estoy cansada.
Abren los cofres, y los blancos hilos
aguardan por el suelo de la alcoba
cuerpos pesados con el cuello herido.
No se despierte un pájaro y la brisa,
recogiendo en su falda los gemidos,
huya con ellos por las negras copas
o los entierre por el blando limo.

Luna: *(Aparece la* Luna. *Vuelve la luz
azul intensa.)* Ya se acercan.
Unos por la cañada y otros por el río.
Voy a alumbrar las piedras. ¿Qué necesitas?

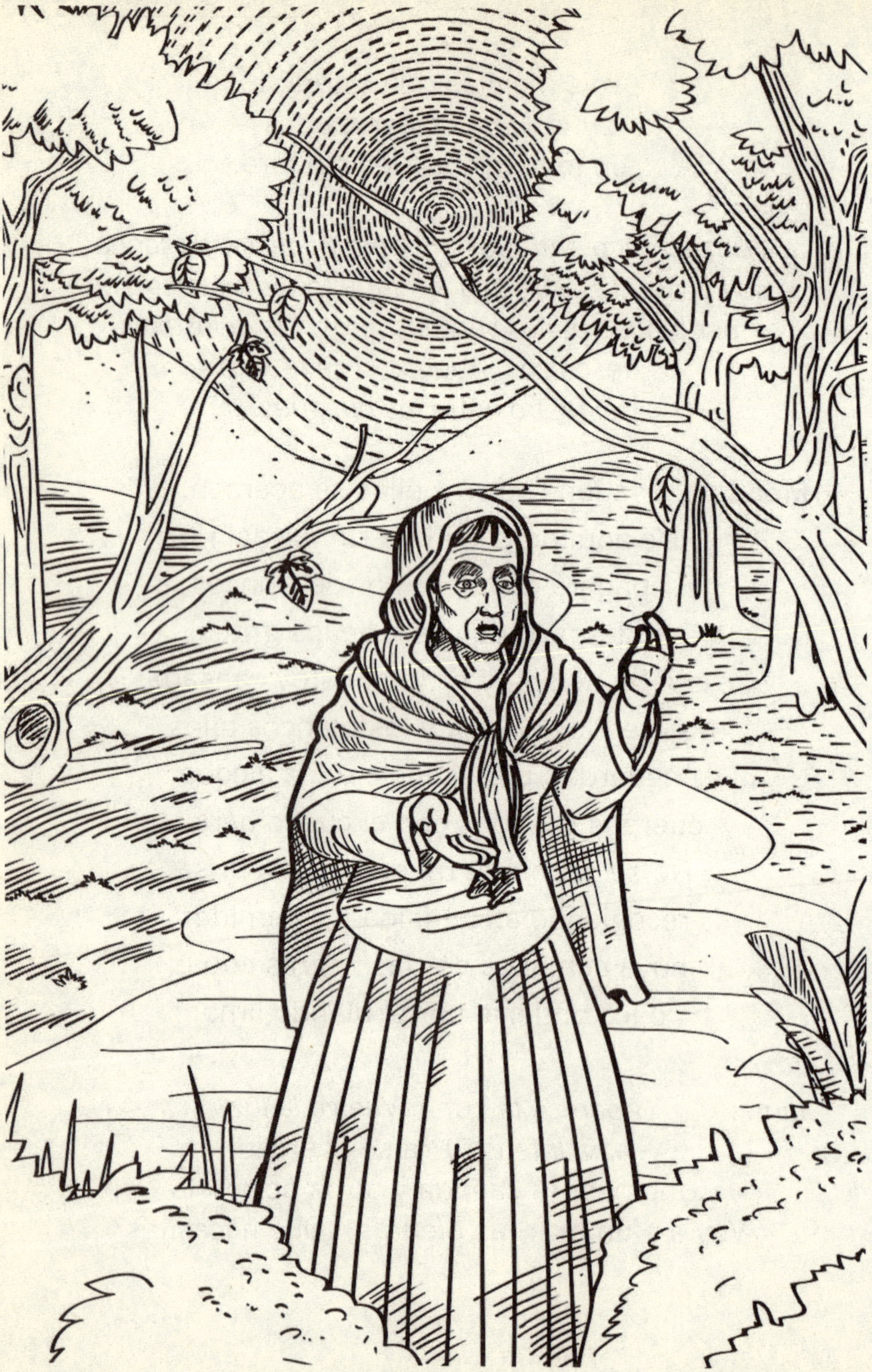

Mendiga: Ilumina el chaleco y aparta los botones, que las navajas ya saben el camino. El aire va llegando duro, con doble filo.

Luna: Pero que tarden mucho en morir. Que la sangre me ponga entre los dedos su delicado silbo. ¡Mira que ya mis valles de ceniza despiertan en ansia de esta fuente de chorro estremecido!

Mendiga: De prisa. Mucha luz. ¡No deben escapar!

(Entran el Mozo 1° *y el* Novio. *La* Mendiga *se sienta y se tapa con el manto.)*

Mozo 1°: No los encontrarás. Creo que se han ido por otra vereda.

Novio: *(Enérgico.)* ¡Sí los encontraré! Sentí el galope hace un momento.

Mozo 1°: Sería otro caballo.

Novio: *(Dramático.)* No hay más que un caballo en el mundo, y es éste. ¿Te has enterado? Si me sigues, sígueme sin hablar. Estoy seguro de encontrarlos aquí. ¿Ves este brazo? Pues no es mi brazo. Es el brazo de mi hermano y el de mi padre, y el de toda mi familia que está muerta. Y tiene tanto poderío que puede arrancar este árbol de raíz. Vamos pronto. Siento los dientes de todos los míos clavados aquí de una manera que se me hace imposible respirar tranquilamente. Busca por allá. *(Se va el* Mozo 1°. *El* Novio *se dirige rápido hacia la izquierda y tropieza con la* Mendiga, *la Muerte.)*

Mendiga: ¡Ay! Tengo frío.

Novio: ¿Qué quieres? ¿Adónde te diriges?

Mendiga: *(Siempre quejándose.)* Allá lejos...

Novio: ¿De dónde vienes?

Mendiga: De allí..., de muy lejos.

Novio: ¿Viste un hombre y una mujer que corrían montados en un caballo?

Mendiga: Hermoso galán. *(Se levanta.)* Pero más hermoso si durmiera.

Novio: Dime, contesta, ¿los viste?

Mendiga: Espera... ¡Qué espaldas más anchas! ¿Cómo no te gusta estar tendido sobre ellas en vez de andar sobre las plantas de los pies, tan chicas?

Novio: *(Sacudiéndola.)* ¡Te pregunto si los viste! ¿Han pasado por aquí?

Mendiga: *(Enérgica.)* Están saliendo de la colina. ¿Conoces el camino?

Novio: No. Pero iré como sea.

Mendiga: Te acompañaré. Conozco esta tierra.

Novio: *(Impaciente.)* ¡Pues vamos! ¿Por dónde?

Mendiga: *(Dramática.)* ¡Por allí! *(Salen rápido. Se oyen dos violines que expresan el bosque. Vuelven los* Leñadores, *con las hachas al hombro.)*

Leñador 1º: ¡Ay, muerte que sales!
Muerte de las hojas grandes.

Leñador 2º: ¡No abras el chorro de la sangre!

Leñador 1º: ¡Ay, muerte sola!
Muerte de las secas hojas.
¡No cubras de flores la boda!

Leñador 2º: ¡Ay, triste muerte!
Deja para el amor la rama verde.
(Aparecen Leonardo *y la* Novia.*)*

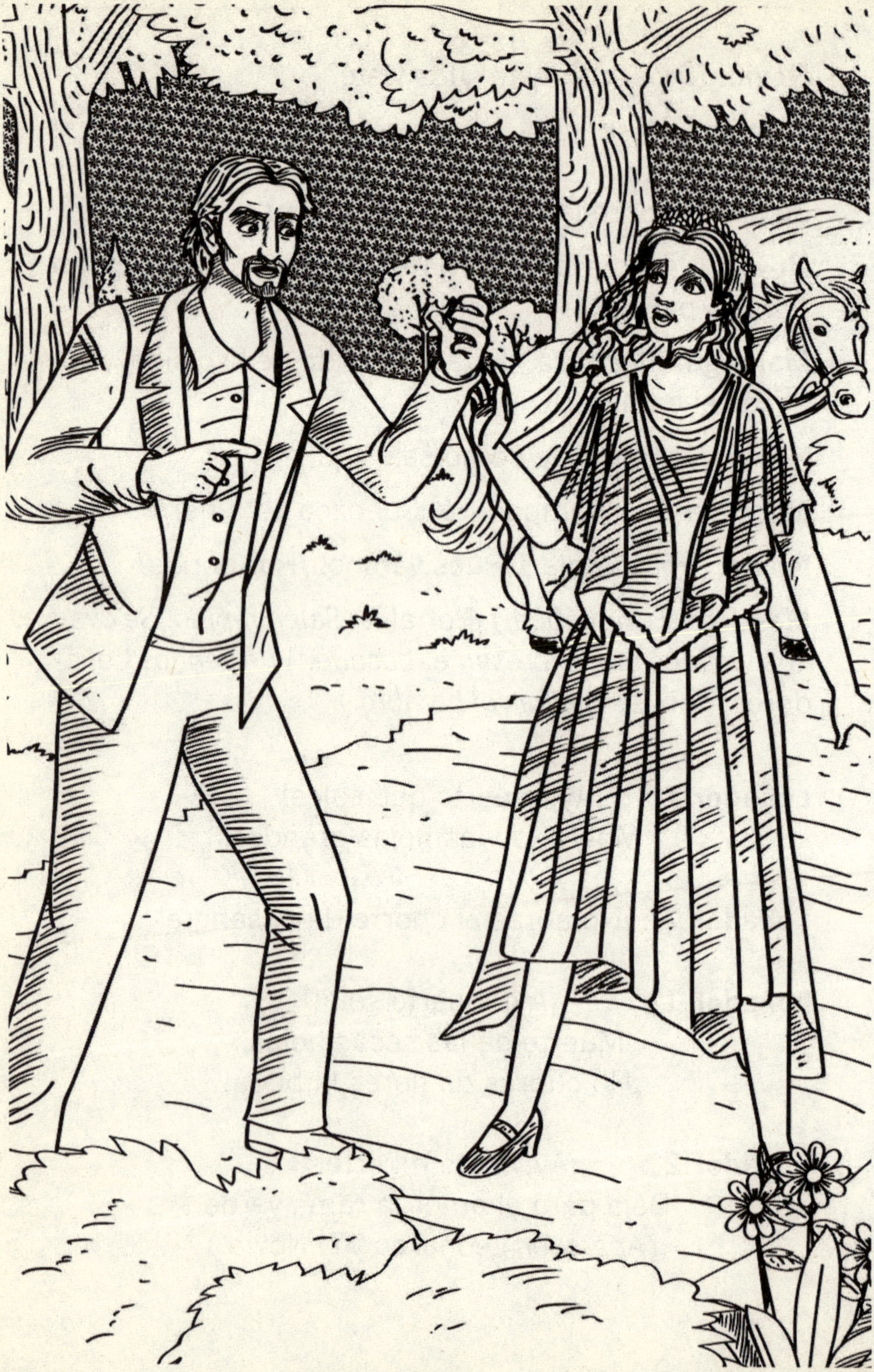

Novia: Desde aquí yo me iré sola. ¡Vete! Quiero que te vuelvas.

Leonardo: ¡Calla, digo!

Novia:
        Con los dientes,
    con las manos, como puedas,
    quita de mi cuello honrado
    el metal de esta cadena,
    dejándome arrinconada
    allá en mi casa de tierra.
    Y si no quieres matarme
    como a víbora pequeña,
    pon en mis manos de novia
    el cañón de la escopeta.
    ¡Ay, qué lamento, qué fuego
      me sube por la cabeza!
    ¡Qué vidrios se me clavan en la lengua!

Leonardo: Ya dimos el paso; ¡calla!
              y te he de llevar conmigo.

Novia: ¡Pero ha de ser a la fuerza!

Leonardo: ¿A la fuerza? ¿Quién bajó primero las escaleras?

Novia: Yo las bajé.

Leonardo: ¿Quién le puso al caballo monturas nuevas?

Novia: Yo misma. Verdá.

Leonardo: ¿Y qué manos me calzaron las espuelas?

Novia: Estas manos, que son tuyas,
pero que al verte quisieran
quebrar las ramas azules
y el murmullo de tus venas.
¡Te quiero! ¡Te quiero! ¡Aparta!
Que si matarte pudiera,
te pondría una mortaja con los filos de violetas.
¡Ay, qué lamento, qué fuego
me sube por la cabeza!
¡Qué vidrios se me clavan en la lengua!

Leonardo: Porque yo quise olvidar
y puse un muro de piedra
entre tu casa y la mía.
Es verdad. ¿No lo recuerdas?
Y cuando te vi de lejos
me eché en los ojos arena.
Pero montaba a caballo
y el caballo iba a tu puerta.
Con alfileres de plata
mi sangre se puso negra,
y el sueño me fue llenando
las carnes de mala hierba.
Que yo no tengo la culpa,
que la culpa es de la tierra
y de ese olor que te sale
de los pechos y las trenzas.

Novia: ¡Ay, qué sinrazón!
No quiero contigo cama ni cena,
y no hay minuto del día
que estar contigo no quiera,
porque me arrastras y voy,
y me dices que me vuelva
y te sigo por el aire
como una brizna de hierba.
He dejado a un hombre duro
y a toda su descendencia
en la mitad de la boda
y con la corona puesta.
Para ti será el castigo
y no quiero que lo sea.
¡Déjame sola! ¡Huye tú!
No hay nadie que te defienda.

Leonardo: Vamos al rincón oscuro
donde yo siempre te quiera,
que no me importa la gente
ni el veneno que nos echa.
(La abraza fuertemente.)

Novia: Y yo dormiré a tus pies
para guardar lo que sueñas.
Desnuda, mirando al campo *(Dramática.)*
como si fuera una perra,
¡porque eso soy! Que te miro
y tu hermosura me quema.

Leonardo: Se abrasa lumbre con lumbre.
La misma llama pequeña
mata dos espigas juntas.
¡Vamos! *(La arrastra.)*

Novia: ¿Adónde me llevas?

Leonardo: Adonde no puedan ir
estos hombres que nos cercan.
¡Donde yo pueda mirarte!

Novia: *(Sarcástica.)* Llévame de feria en feria,
dolor de mujer honrada,
a que las gentes me vean
con las sábanas de boda al aire,
como banderas.

Leonardo: También yo quiero dejarte
si pienso como se piensa.
Pero voy donde tú vas.
Clavos de luna nos funden
mi cintura y tus caderas.

(Toda la escena es violenta, pero de gran sensualidad.)

Novia: ¡Huye! Es justo que yo aquí muera
con los pies dentro del agua
y espinas en la cabeza.
Y que me lloren las hojas,
mujer perdida y doncella.

Leonardo: Cállate. Ya suben. Silencio. Que no nos sientan. Tú delante. ¡Vamos, digo! *(La Novia vacila.)*

Novia: ¡Los dos juntos!

Leonardo: *(Abrazándola.)* Si nos separan, será porque esté muerto.

Novia: Y yo muerta. *(Salen abrazados. Aparece la Luna muy despacio. La escena adquiere una fuerte luz azul. Se oyen los violines. Bruscamente se escuchan dos largos gritos desgarrados, y se corta la música. Al segundo grito aparece la Mendiga. De espaldas; abre el manto y queda en el centro como un gran pájaro de alas inmensas. La Luna se detiene.)*

                    Telón
(Baja en medio de un silencio absoluto.)

CUADRO ÚLTIMO

Habitación blanca con arcos y gruesos muros. A derecha e izquierda, escaleras blancas. Gran arco al fondo y pared del mismo color. El suelo también es blanco. Este cuarto simple tendrá un sentido monumental de iglesia. No habrá ni un gris, ni una sombra, ni siquiera lo preciso para la perspectiva. (Dos Muchachas, *vestidas de azul oscuro, devanan una madeja roja.*)

Muchacha 1ª: Madeja, madeja,
¿qué quieres hacer?

Muchacha 2ª: Jazmín de vestido,
cristal de papel.
Nacer a las cuatro,
morir a las diez.
Ser hilo de lana,
cadena a tus pies
y nudo que apriete
amargo laurel.

Niña: *(Cantando.)* ¿Fueron a la boda?
¡Tampoco fui yo!
¿Qué pasaría
por los tallos de las viñas?
¿Qué pasaría
por el ramo de la oliva?
¿Qué pasó
que nadie volvió? *(Se va.)*

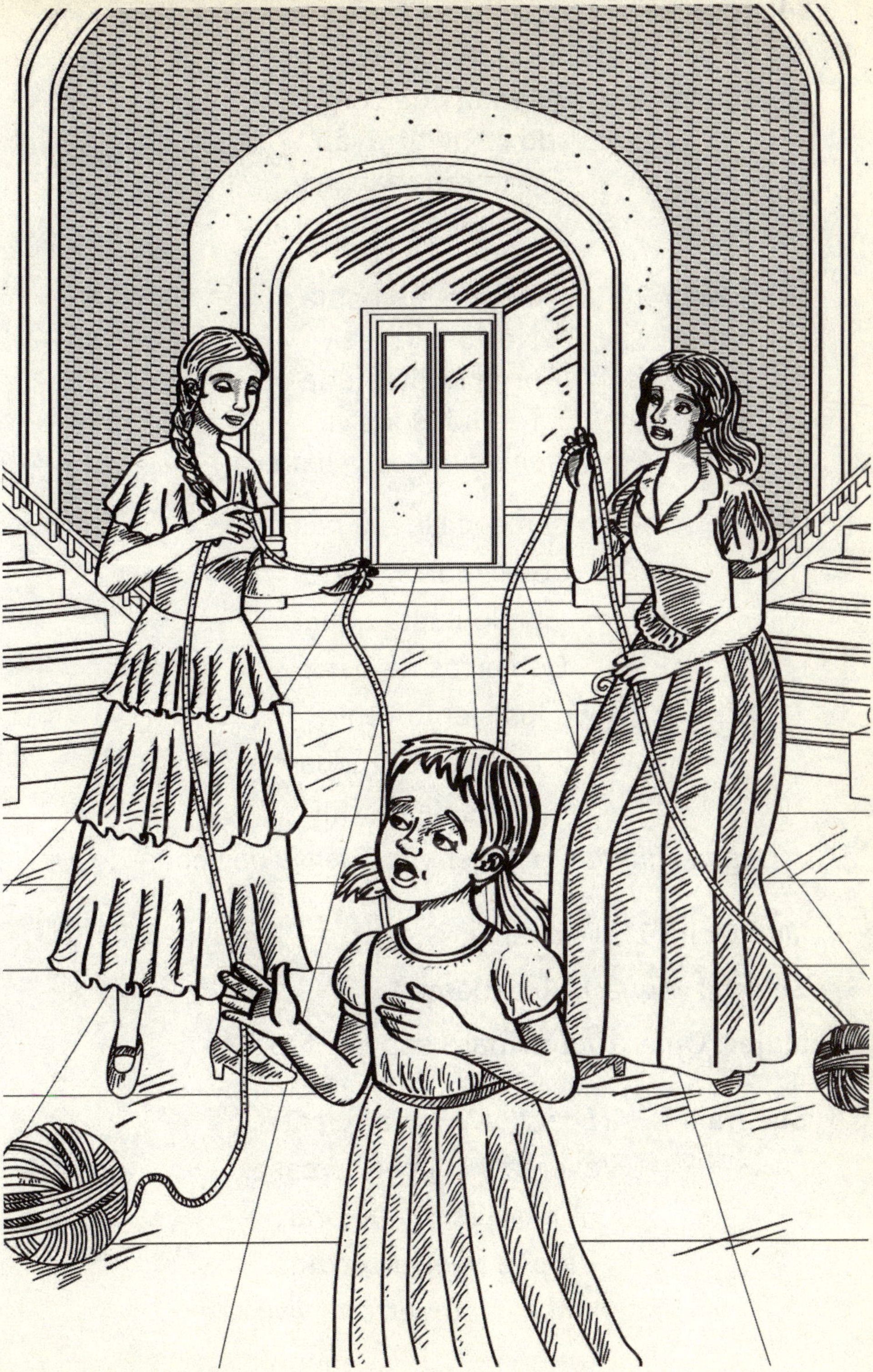

Muchacha 1ª: Heridas de cera,
дolor de arrayán.
Dormir la mañana
de noche velar.

Muchacha 2ª: Amante sin habla.
Novio carmesí.
Por la orilla muda
Tendidos los vi.
(Se detiene mirando la madeja.)

Niña: *(Asomándose a la puerta.)*
Corre, corre, corre,
el hilo hasta aquí.
Cubiertos de barro
los siento venir.
¡Cuerpos estirados,
paños de marfil!

(Llegan afligidas la Mujer *y la* Suegra *de* Leonardo.*)*

Muchacha 1ª: ¿Vienen ya?

Suegra: *(Agria.)* No sabemos.

Mujer: Quiero volver para saberlo todo.

Suegra: *(Enérgica.)* Tú, a tu casa.
Valiente y sola en tu casa.
A envejecer y a llorar.
Pero la puerta cerrada.
Nunca. Ni muerto ni vivo.

Clavaremos las ventanas.
Y vengan lluvias y noches
sobre las hierbas amargas.
Échate un velo en la cara.
Tus hijos son hijos tuyos
nada más. Sobre la cama
pon una cruz de ceniza
donde estuvo su almohada. *(Salen.)*

Mendiga: *(A la puerta.)* Un pedazo de pan, chicas.

Niña: ¡Vete! *(Las* Muchachas *se agrupan.)* Vete. Porque tú gimes: vete.

Muchacha 1ª: ¡Niña! *(A la* Mendiga*.)* ¡No le hagas caso!

Muchacha 2ª: ¿Vienes por el camino del arroyo?

Mendiga: Yo los vi; pronto llegan: dos torrentes
quietos al fin entre piedras grandes,
dos hombres en las patas del caballo.
Muertos en la hermosura de la noche. *(Con deleite.)*
Muertos, sí, muertos.

Muchacha 1ª: ¡Calla, vieja, calla!

Mendiga: Flores rotas los ojos, y sus dientes
dos puñados de nieve endurecida.
Los dos cayeron, y la novia vuelve
teñida en sangre falda y cabellera.
Cubiertos con dos mantas ellos vienen
sobre los hombros de los mozos altos.

Niña: Sobre la flor del oro
traen a los muertos del arroyo.
Morenito el uno,
morenito el otro.

¡Qué ruiseñor de sombra vuela y gime sobre la flor del oro!

(Se va. Aparece la Madre *con una* Vecina, *que llora).*

Madre: Calla. *(En la puerta.)* ¿No hay nadie aquí? *(Se lleva las manos a la frente.)* Debía contestarme mi hijo. Pero él es ya un brazado de flores secas. Mi hijo es ya una voz oscura detrás de los montes. *(Con rabia a la vecina.)* ¿Te quieres callar? No deseo llantos en esta casa. Tus lágrimas son lágrimas de los ojos nada más; las mías vendrán cuando yo esté sola, de las plantas de mis pies, de mis raíces, y serán más ardientes que la sangre.

Vecina: Vente a mi casa; no te quedes aquí.

Madre: Aquí quiero estar. Y tranquila. Ya todos están muertos. A medianoche dormiré, dormiré sin que me aterren la escopeta o el cuchillo. Otras madres se asomarán a las ventanas, azotadas por la lluvia, para ver el rostro de sus hijos. Yo no. Yo haré con mi sueño una fría paloma de marfil que lleve camelias sobre el camposanto. Pero no; camposanto no, lecho de tierra, cama que los cobija y mece por el cielo.

Madre: *(A la* Vecina.*)* Quítate las manos de la cara. Pasaremos aquí días terribles. No quiero ver a nadie. La tierra y yo. Mi llanto y yo. *(Se sienta, desolada.)*

Vecina: Ten caridad de ti misma.

Madre: *(Echándose el pelo hacia atrás.)* He de estar serena. Vendrán las vecinas y no quiero que me vean tan pobre. ¡Tan pobre! Una mujer sin un hijo que llevarse a los labios. *(Llega la* Novia. *Viene sin azahar y con manto negro.)*

Vecina: *(Viendo a la* Novia *con rabia.)* ¿Adónde vas?

Novia: Aquí vengo.

Madre: *(A la* Vecina.*)* ¿Quién es?

Vecina: ¿No la reconoces?

Madre: Por eso pregunto quién es. Porque tengo que no reconocerla, para no clavarle mis dientes en el cuello. ¡Víbora! *(Se dirige hacia la* Novia *con ademán fulminante; se detiene.)* ¿La ves? *(A la* Vecina.*)* Está ahí y llora, y yo, sin arrancarle los ojos. No me entiendo.

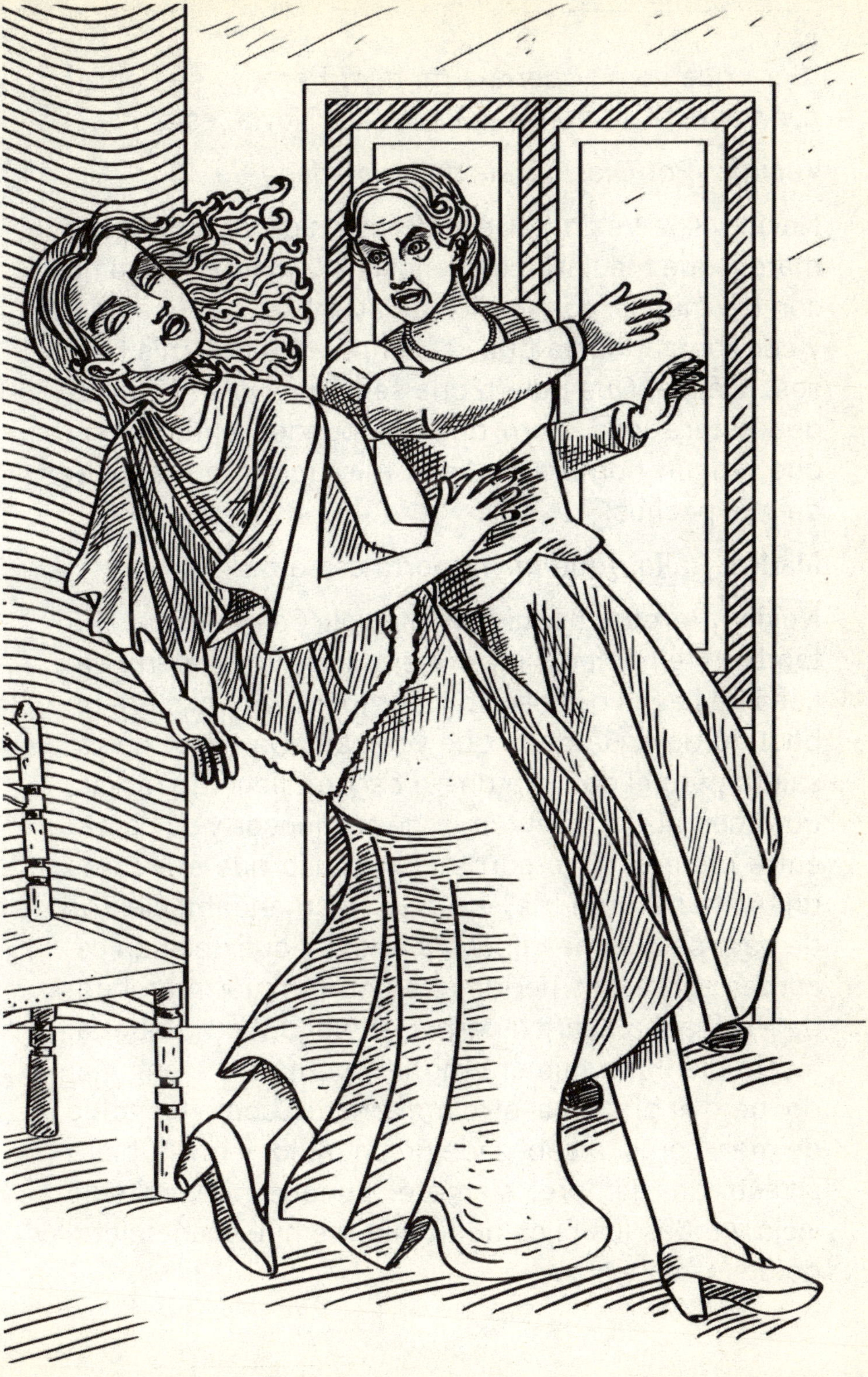

¿Será que yo no quería a mi hijo? Pero, ¿y su honra? ¿Dónde está su honra? *(Golpea a la* Novia, ésta *cae.)*

Vecina: ¡Por Dios! *(Trata de separarlas.)*

Novia: *(A la* Vecina.*)* Déjala; he venido para que me mate y que me lleven con ellos. *(A la* Madre.*)* Pero no con las manos; con garfios de alambre, con una hoz, y con fuerza, hasta que se rompa en todos mis huesos. ¡Déjala! Que quiero que sepa que yo soy limpia, que estaré loca, pero que me pueden enterrar sin que ningún hombre se haya mirado en la blancura de mis pechos:

Madre: Calla, ¿qué me importa eso a mí?

Novia: ¡Porque me fui con el otro! *(Con angustia.)* Tú también te hubieras ido. Yo era una mujer quemada, llena de llagas por dentro y por fuera, y tu hijo era un poquito de agua de la que yo esperaba hijos, tierra, salud; pero el otro era un río oscuro, lleno de ramas, que acercaba a mí el rumor de sus juncos y su cantar entre dientes. Y yo corría con tu hijo que era como un niñito de agua fría, y el otro me mandaba cientos de pájaros que me impedían andar y que dejaban escarcha sobre mis heridas de pobre mujer marchita, de muchacha acariciada por el fuego. Yo no quería, ¡óyelo bien! ¡Tu hijo era mi fin y yo no lo he engañado, pero el brazo del otro me arrastró como un golpe de mar, como la cabezada de un mulo, y me hubiera arrastrado siempre, siempre, aunque hubiera sido vieja y todos los hijos de tu hijo me hubiesen sujetado de los cabellos.

Madre: Ella no tiene la culpa, ¡ni yo! *(Sarcástica.)* ¿Quién la tiene, pues? ¡Floja, delicada, mujer de mal dormir es quien tira una corona de azahar para buscar un pedazo de cama calentado por otra mujer!

Novia: ¡Calla! Véngate de mí; ¡aquí estoy! Mira mi cuello: es blando; te costará menos trabajo que segar una dalia del huerto. ¡Pero eso no! Soy honrada como niña recién nacida. Y fuerte para demostrártelo. Prende la lumbre. Metamos las manos: tú, por tu hijo; yo, por mi cuerpo. Las retirarás antes tú.

Madre: ¿Qué me importa a mí tu honradez? ¿Qué me importa tu muerte? ¿Qué me importa a mí nada de nada? Benditos sean los trigos, porque mis hijos están debajo de ellos; bendita sea la lluvia, porque moja la cara de los muertos. Bendito sea Dios, quien nos tiende juntos para descansar. *(Entran más* Vecinas.*)*

Novia: Déjame llorar contigo.

Madre: Llora. Pero en la puerta. *(Entra la* Niña. *La* Novia *queda en la puerta. La* Madre, *en el centro de la escena.)*

Mujer: *(Entrando y dirigiéndose a la izquierda.)*
Era hermoso jinete,
y ahora montón de nieve.
Corría ferias y montes
y brazos de mujeres.
Ahora, musgo de noche
le corona la frente.

Madre: Girasol de tu madre,
espejo de la tierra.
Que te pongan al pecho
cruz de amargas **adelfas**;
y el agua forme un llanto
entre tus manos quietas.

Niña: *(En la puerta)* Ya los traen.

Novia: Que la cruz ampare a muertos y vivos.

Madre: Vecinas, con un cuchillo,
en un día señalado, entre las dos y las tres,
se mataron los dos hombres
del amor, con un cuchillito
que apenas cabe en la mano.
Y apenas cabe en la mano,
pero penetra frío
por las carnes asombradas
y allí se para, en el sitio
donde tiembla enmarañada
la oscura raíz del grito.
(*Las* Vecinas, *arrodilladas en el suelo, lloran.*)

Telón final

Glosario

Adelfas: Flores blancas o rojizas de un arbusto venenoso.
Algazara: Ruido alegre de muchas voces juntas.
Aljibe: Depósito subterráneo de agua.
Azófar: Latón; aleación de cobre y cinc.
Corpiño: Prenda que cubre el torso.
Holanda: Lienzo muy fino para hacer camisas y otras prendas.
Jaca: Caballo de baja alzada.
Jolgorio: Forma de llamar a la diversión festiva.
Maroma: Cuerda gruesa de cáñamo.
Nana: Canto para arrullar a los niños.
Pámpano: Retoño de la vid.
Roturación: Arar las tierras eriales para sembrar.
Secano: Tierra que sólo recibe agua de lluvia.
Terreras: Tierras depositadas por ríos o mares.

Esta edición se imprimió en noviembre de 2014,
en Grupo Impresor Mexicano, S.A. de C.V.,
Av. Ferrocarril de Río Frío, núm. 2, Col. El Rodeo,
C.P. 08500, México, D.F.